黄亚洲百诗精选三人评

黄亚洲 / 著

吕进 柯平 啊呜 / 评点

浙江工商大学出版社
ZHEJIANG GONGSHANG UNIVERSITY PRESS

图书在版编目（CIP）数据

黄亚洲百诗精选三人评 / 黄亚洲著；吕进，柯平，啊呜评点. — 杭州：浙江工商大学出版社，2022.9
ISBN 978-7-5178-5117-2

Ⅰ.①黄… Ⅱ.①黄… ②吕… ③柯… ④啊… Ⅲ.①诗歌评论－中国－当代－文集 Ⅳ.①I207.22-53

中国版本图书馆CIP数据核字（2022）第167658号

黄亚洲百诗精选三人评
HUANGYAZHOU BAISHI JINGXUAN SANREN PING

黄亚洲 / 著　吕进　柯平　啊呜 / 评点

策划编辑	任晓燕
责任编辑	金芳萍
责任校对	李远东
封面设计	芸之城
责任印制	包建辉
出版发行	浙江工商大学出版社
	（杭州市教工路198号　邮政编码310012）
	（E-mail：zjgsupress@163.com）
	（网址：http://www.zjgsupress.com）
	电话：0571-88904980，88831806（传真）
排　　版	C点冰橘子
印　　刷	杭州高腾印务有限公司
开　　本	880 mm×1230 mm　1/32
印　　张	8.25
字　　数	178千
版 印 次	2022年9月第1版　2022年9月第1次印刷
书　　号	ISBN 978-7-5178-5117-2
定　　价	42.00元

自 序
Preface

　　有人告诉我，可以自选一百首诗，让不同的人做评点，如此，利于从各个角度帮助读者阅读，进而获得一种新的理解。这些话是吕进老师对我说的。

　　他又说，他曾经为别的诗人做过类似的事情，而且诗集出版后受到了读者的广泛欢迎，销量很好。

　　他还说，我就愿意做先锋，来帮你做评点。另外，你最好再找一两个不同年龄段的人一起来评点，这样，大家看同一个作品的角度与关注点就可能有较大差异，更能帮助读者深入理解作品内涵。

　　于是，我就照着吕进老师的话去做了。我找了柯平——中年诗人，我们浙江省作家协会诗歌创作委员会多年的主任；另一位，找了袁敏敏——笔名啊呜，年轻诗人，我们浙江省近年十分泼辣的新锐诗歌评论家。他们两位一听我的主意，也觉得这事儿新鲜，二话不说，欣然同意。

我很感谢这三位评论家对这百首诗的点拨与评价。他们很认真，看问题确实都从各自角度出发，目光如刀，一击中的。

我带着我的诗，除了即刻倒地、袒露筋肉，也再没啥多说的了。

也因此，我特别感谢吕进老师的这个点子。吕进老师是当年我那本诗集《行吟长征路》评上鲁迅文学奖的最终评委，后来我与他在一次文学活动的饭桌上偶遇相识，热烈握手。此后，他便一直对我的诗歌创作予以鼓励，甚至还热情邀请我参加重庆的重要诗歌采风活动，观赏红叶，浪漫得很。那一次甚至还特意安排我作为某个半天的诗歌研讨活动的联合主持人，当天下午只因我忽视了会议手册的要求，以为采风活动中的研讨环节根本与我这位采风诗人无关，是他们中外评论家自己的事情，便自作主张不去会场了，顾自外出抓紧时间赏红叶写诗去了，晚饭时分才回宾馆。结果挨了吕进老师一顿狠狠的批评，弄得我无地自容。幸亏在我深刻检讨之后，吕进老师大人不计小人过，连年来又继续鼓励我奋勇前进，甚至前些日子还力主西南大学重庆新诗研究所为我举办了一场"黄亚洲域外行吟诗研讨会"。事后我才得知，重庆新诗研究所还从来没有过为当代诗人专门开诗集研讨会的先例，一时间更是热泪盈眶。

直至现在，又给我出这么一个金点子，不能不感慨万分。

途中的向导是永远忘记不了的，无论是哪一次途中。

尤其是写诗这一途，看似风光无限却荆棘丛生，脚脖子上都是血道道。

鞭策之后，唯有更加兢兢业业而已。

以上说的，就是出版这本书的来龙去脉。序言最后，就要请诸位读者悉心指正了。你们是除这三位评论家之外的更广泛的评论者，也是终极的评论者。诗写得好不好，你们说了算。

在我，只希望你们觉得这盘菜还好吃，不至于味同嚼蜡，难以下咽，这就足够了。

很抱歉，在大家开开心心进入诗行之前，还要先绕过前面这么一大摊啰里啰唆的话。

就此打住。众位，谢了。

黄亚洲

2022 年 7 月

目　录
Contents

辑一

完整的月亮

不能原谅

那年的春天我始终不能原谅
夹带的蛇与虫子过多，梅雨太长
霉菌在屋角长成森林——
尤其不能原谅那场毫无征兆的山洪
大哥大嫂你们在天堂好吗？

汇款被邮局退了回来
那一年的屋顶、猪栏、木桌、狗、鸡
都是泥浆里汹涌澎湃的石头与沙粒
牙牙学语的小侄儿，你在天堂好吗？

哪怕逃过一劫，我也后悔去城里打工
钱不是最要紧的东西
我多么喜欢炊烟与腐草的香气
至少我可以跟你们一起上路
对门的翠莲，你在天堂好吗？

吕　进：年年断肠处，唯有泪千行。

柯　平：不着一字，尽见水灾。

啊　呜：与其说"我"不能原谅一次天灾，不如说"我"不能
　　　　原谅自己"去城里打工"，以致和大哥、大嫂、侄儿、
　　　　对门的翠莲从此天人永隔。这种失去的痛被作者克制
　　　　地匀散在各种细节之中——蛇与虫子、梅雨、霉菌、
　　　　汇款、屋顶、猪栏、木桌、狗、鸡、石头、沙粒、炊
　　　　烟、腐草——仿佛一切都是内心伤痛的触发点，而不
　　　　能自已。

曾经是两扇合拢的门

现在只有靠你撑大了

在我空出来的地方，请填满你的沉静

你要站成一个"大"字，勇敢一些

像曾经拉着我的手一样，把门框四边的缝隙

全部拉紧

曾经是两扇门，有各自的门轴，甚至有

各自的争吵不停的门环

但我们，连叹气都那么默契

夜晚，把陌生人与风雨挡在门外

白天，护住所有的柴米油盐

一根逐渐磨损的门闩，让我们

这辈子，成为同一个身体

这种睡觉的方式，人所共知

现在你的叽叽嘎嘎

只能是一个人的埋怨了

歉疚的是，我不能再跟你斗嘴或者唠叨

那是多么愉快的春天和秋天

我们有皱纹的脸皮上，经常搽着花粉

我的空缺，是由于上天的需要

你不必深究了

天堂虽珠光宝气，或许也缺木材

人家有人家的职责

我曾经捎话，让另一扇门替代我的位置

但你，依旧把自己撑大了

你或许是因为自己也老了，但你

这么单薄的身子，又扩大了一倍

方方正正，依旧是一个身体

依旧让门框，感受饱满的力量

依旧是，一个家

无非是，那根磨损的门闩，已经换成

你深深的锁

只有你倒下的时候

一个家，才散架

那一刻，我会来接你，挂着我的

门闩

吕　进：写门，其实是写家。言门的变迁，其实是言家的命运。不即不离，又即又离。没有生命的门，后面是多舛的生命。

柯　平："你要站成一个'大'字"，《说文》有一"夶"字，古文"比"也。段玉裁注云："盖从二大也，二大者，二人也。"这样或更形象。

啊　呜：这首诗以两扇门来写夫妻感情。一方的离世，让另一方不得不"站成一个'大'字"，承担生活的全部重压。可诗人不写无怨无悔，不写默默承受，甚至大书争吵、埋怨、斗嘴、唠叨，而正是这些细节让这份情感显得素朴又深厚，贴近世俗生活而又富含烟火气息。

完整的月亮

我腮边那颗眼泪
如果可以剖开，剖成两半，那么
一半是故乡，一半是她

去年开春她就回去了，她说
喜欢家乡那颗没有尘土的月亮
孩子嚷着要妈
一声"妈"，就是一道刀伤

我何尝不会哭"床前明月光"
只是，大风吹过庄稼地，我没法听见
纸钞的声响
纸钞是男人的刀伤

我腮边的泪珠，哪能剖开呢
自去年开春，它就已经是一个个
完整的月亮

李白啊，我的兄长

吕　进：月亮，本是中国诗歌的永恒主题，它是思念的乐曲、乡愁的具象。此诗不落言筌，从两道"刀伤"，跳到"完整的月亮"，这是此诗的创新处。

柯　平："纸钞是男人的刀伤"，月亮是文学的馅饼。

啊　呜：这首思念之诗的大背景，是包括环境差异、贫富差异在内的城乡差异冲撞。"我"因为经济压力而在城市工作，但妻子不能忍受城市的环境而选择回乡，两地分居成为无法解决的现实问题。本该一起的夫妻分开了，而思乡与思亲这两种思念却合二为一，这"分"与"合"看似矛盾，却给予"我"同样的"刀伤"。

成　长

人生是在黄昏练就的
不信，你伸手来摸我圆润的脸颊与弥勒的肚皮
你不会摸到一线棱角、一根刺

鹅卵石，这是我的宿命
没有他法
时间是中国的一条河

现在，连一尾白壳小虾
也能打我

其实，出世时分，我也有色彩
非常耀眼，甚至还有声音
有爆炸般的速度，以及
帝王思想

甚至还听见母亲分娩时的呼喊

你飞吧，我的儿

我坚持微笑，这是风度
尽管日夜都有泪水，淌遍全身

吕　进：一地鹅卵石。庸人中国式的成长，智者中国式的心痛。
柯　平：裴松之注《三国志》引《九州春秋》曰："备住荆州数
　　　　年，尝于表坐起至厕，见髀里肉生，慨然流涕。还坐，
　　　　表怪问备，备曰：'吾常身不离鞍，髀肉皆消。今不复
　　　　骑，髀里肉生。日月若驰，老将至矣，而功业不建，
　　　　是以悲耳。'"命运弄人，古今同慨。
啊　鸣：成长，或者说成熟，是什么？是对本来的否弃吗？中
　　　　国人热衷于期盼孩子成长、成熟，而很少希望他（她）
　　　　保持童心、初心、本心。可一个棱角全无、圆滑世故
　　　　的形象又成就了什么呢？这首诗描绘了一个悲剧人物，
　　　　"我"明知自己已经活成另一个人，却仍然"坚持微
　　　　笑"，还以"风度"为说辞来证明行为的合理性，可即
　　　　使如此，背后的"泪水"却无法欺骗自己。

轮　回

这一番轮回早已注定

我忍着剧痛，带母亲去找一个新家，她的归宿

这就像许多年以前，她为我的婴啼

于剧痛时分，找着了一个新家

去墓园的路程这么漫长

我泪水的湿地里，回忆的蚊子大批飞起

嗡嗡营营

由于双手紧捧着红锦缎盒子，我无法掸开它们

其实也不算新家，父亲十六年前便搬入了隔壁卧房

只是第二把钥匙，今天启用

蚊子飞走的时候

我就听见了父亲下床的咳嗽，我能感受到他的心急

离散就是团聚

泪花就是泪水浇开的繁花

蚊子走了，蜂蝶会来

我终归也是要在父母房中跑进跑出的
如同小时候
小时候的温存、赞许、呵责、牵手走路
是一辈子不忍丢弃的东西

嗡嗡营营，回忆的蚊子再度飞回
尖利的刺痛为什么不选皮肤，要选心房

对于这个世界，我也很想学学蚊子的尖利
很想刺穿一点什么
我嘴巴的锯齿，也可以是钥匙的形状
可是父母已经把门关紧，很警惕我沉湎于生死

"别再做功课了，早点睡觉"
我小时候他们就这样说

在我泪水的湿地里，不光有蚊子飞动
也可以有爱情丛生，蜂蝶疯长
一个人可以羽扇轻摇，踱着他应该踱完的方步

一切的轮回都已注定，那就

享受活的泪水吧

这世上

所有的钥匙，都是善意的谎言，只有

锁是真实的

评点

吕　进：想起钱锺书的话："眼光放远，万事皆悲。"

柯　平：天下知儿莫如母，反过来也同样。年轻时我也写过一
　　　　个句子——"锁的秘密／只有钥匙知晓"，在此献丑了。

啊　呜：对过去的回忆、对现在的感受、对将来的想象，三个
　　　　时段的内容相互交错连接，情感的力量得到一再的叠
　　　　加。整首诗既思路清晰又感怀迷离，让人感慨这世间
　　　　最常见、最朴素的感情也是最动人的。

不是过程

一月雨还没下，就见你在流泪

二月还不到我就跑到你身边，我递手帕的样子多么可笑

三月与四月的花，南方开到北方，我俩头上都是花粉

五月是桥洞，小船穿过苏堤又穿过白堤

六月的枕套是你绣的，小马驹驮来嫁妆也驮来酒水

七月当然是奶瓶的样子

八月我依旧跋涉，车上装满柴禾与森林

九月重逢，你多么像母亲，我多么像父亲

孩子的头发与图画本都是秋天的金色

十月的窗外总是有口号，我们玩的过家家也总是波澜不惊

对于十一月的霜花，我说来得过早，而你掸开它的手势依然优雅

十二月的大雪，也依然灯笼般温暖，有人在壁炉旁叫爷爷和奶奶，
问饺子馅儿为什么是泪水，问饺子皮儿为什么是手帕

吕　进：人生。人的生存，人的生活，人的生命。

柯　平：一年写尽一生。

啊　鸣：这首诗的结构处理得颇为精巧：一是月份、季节、人生阶段在诗中形成同构，将一年四季的特征和人生历程中的生老病死、婚丧嫁娶结合起来，按月份顺序叙述；二是以眼泪开始，用眼泪结束，首尾相衔，构成一个完整的循环，于是幸福、悲苦也都轮回往复；三是前半生或者说幸福时光的快速流逝，后半生或者说沉重岁月的缓慢滋长，作者通过句子的长短、节奏的快慢给出妥帖的安排，便让整首诗显得起伏有致，余韵盎然。

朋友，朋友

让我们握手，朋友，用虎口感受彼此的脉搏

让我们喝茶，用履历

交换血里的盐

发现彼此的足迹大多重合

左边五个脚趾：唐宋元明清

右边五个脚趾：东西南北中

夏夜，拍死一只血蚊子

我们一齐说：又倒也，一个仇家

愿去少林参禅面壁，愿去黔南夜观北斗

不是嘴巴说说

可以立马去购机票，就这么牛

不必说初次见面，早已是同气相求

一碗碧螺春就照见

咬过你的那只蚊子，也咬过我一口

握手，朋友，今夜我们只茶不酒

明天你我天各一方

这一别，只怕是，又隔唐宋元明清

未明东西南北中

我的剑，然而，明明白白

已插入你的剑鞘

你给我吟的那句诗，业已成为

我的治不好的咳嗽

一声朋友，就这么牛

吕　进：想起孟子的话："人之相识，贵在相知；人之相知，贵
　　　　在知心。"朋友啊朋友，你可曾想起了我？一声朋友，
　　　　就这么牛！

柯　平：这首诗有很强的音乐感，句子也好。如适度调整，谱
　　　　成歌曲当能走红，相比以前走红的那首《朋友》，深度
　　　　上超过多矣。

啊　鸣：总有人不明白鲁迅写给瞿秋白的挽联"人生得一知己
　　　　足矣，斯世当以同怀视之"，到底是怎样的丧友之痛。
　　　　读过这首诗之后，你或许就能明白了。要知道，像剑

插入剑鞘那样契合的朋友是多么难得。如诗人所述，真正契合的朋友，是"交换血里的盐"的朋友，能同仇敌忾、同行相伴、同气相求，甚至彼此天各一方，也依然能声相应、心相合。可见，拥有一个挚友是怎样的"牛"。如此，你如何舍得失去？

雌性学校

这个女人教我成为狼，成为豹子
她铺展沼泽、荆棘、长满野花的山坡，同时
召来风和暴雨
她教我跳跃、腾挪、撕咬与战争

不是黑板
只用一张铺平的沙漠、平原、湖泊与灌木
就替代了一块遮羞布，你不必
再伪装成白天的羊

这个女人教我以决死的姿态冲击主峰
在我的前爪与后爪之间
布置一千道闪电

我要学会残忍，学会舔净爪子上的血
学会把平原与河流放入体内
从骨子里，把自己想象成国家与野兽

这个女人无情地把我推落温文尔雅的悬崖

在坠落中教我四蹄腾空

获得云的支撑

下课铃响

这个女人一声轻微的叹息

也是狼的长嗥，也是山林与沙漠的碎裂

评点

吕　进：唐代诗人刘禹锡云："心之精微，发而为文；文之神
　　　　妙，咏而为诗。"

柯　平：一声轻微的叹息，也是狼的长嗥。

啊　鸣：近些年，"狼性"成为社会关注的一个热点，从个人到
　　　　企业，纷纷谈及狼性精神或狼性文化。这可能与和平
　　　　年代长期温吞的气氛消磨了人的进取拼搏心有关，也
　　　　理所当然地可以理解为传统忧患意识的复现。诗人从
　　　　一个"女人"入笔，写她教会"我"的凶悍技能，传
　　　　递给"我"的勇毅精神，字字句句都突出一股狠劲。
　　　　这几乎否决了一切的温情和柔软，让人感慨其凌厉的
　　　　风格。

那只羊羔哪里去了

草原还在，风还在
我的长笛还在
那只羊羔，哪里去了

夜还在，梦还在
枕巾上的眼泪还在
那只羊羔，哪里去了

我怀抱过她
她无邪的眼睛，曾经
是我成长的全部理由

后来，我像风一样发育了
胸膛上长出一簇又一簇的
狼毛

我吹奏城市的霓虹灯

那些化学的声音

吓走了多少东西

那只羊羔，哪里去了

风还在，草原还在

夜还在，梦还在

是谁，仰卧在城市的笛孔里

胸膛上柔软的狼毛，像一丛草

抚摸草原的星空

吕　进：羊羔是过往，羊羔是梦，羊羔是城市之外，羊羔是内
　　　　心深处那一方最柔软的角落，羊羔是明亮的草原的
　　　　星空。

柯　平：这才是真正优秀的儿童诗。

啊　呜：人的成长，多半是从羊羔变成战狼的过程。这个过程
　　　　中，似乎绝大部分事物都保留了最初的面目，但人本
　　　　身却发生了质的蜕变。这个蜕变的重点不是相貌，不
　　　　是筋骨，也不是能力、才华，而是人的初心、本心。
　　　　"羊羔"这个意象在诗中的象征意义大致在此。《华严

经》有云："三世一切诸如来，靡不护念初发心。"可见初心的珍贵。而世人往往守不住初心，故而迷失，故而活成了自己厌恶的那种人。

湖水里的天鹅盯着我

你湖水里的天鹅，为什么这样紧盯着我

一动不动，眼睛柔和，放出一束

恒温的光

你身后，整座欧洲湛蓝的天空，都在淡去

你为什么这样紧盯着我

忽然就想起了我的妈妈，我的妈妈怎么就

跑来德国了

我的妈妈怎么学会了收拢天鹅的翅膀

我的妈妈从天堂请了假了？

忽然就想起，儿时读过《骑鹅旅行记》的故事

那个故事的国家，也在欧洲

这一刻我多么想成为一个瑞典的儿童

我对天鹅说，让我搂着你的脖子飞去天上吧

我就喜欢那种

湛蓝湛蓝的世界

天鹅不作声，就是凝视着我

像我妈妈，临终那一刻

评点

吕　进：从天鹅的眼光里看到妈妈，读出诗情，这是诗人的
　　　　本领。

柯　平：赤子之心见于字里行间。

啊　呜：思念这东西，永远都是这样，随便一件事物都能触发
　　　　其"泛滥成灾"。整首诗从思念妈妈，到借童话故事
　　　　产生遐想，最后以追忆妈妈"临终那一刻"结束，完
　　　　整地把自己的心绪波动过程展现出来，温和而情深。

穿　戴

鸟儿走过的地方，我会发现风的痕迹
五步蛇走过的地方，我会发现阴谋的痕迹
国家走过的地方，我会发现领袖的痕迹

而在我走过的地方，我会发现什么
我会发现善良、高尚、智慧、自信、豁达
还会发现幽默、豪爽、潇洒、众人称羡、朋友遍天下

之所以把这么多高大的词语都留给自己，只是
为了父母的辛苦
他们把我生出来、拉扯大
不容易

我希望我所有的朋友，都把这些高大的词语
留给自己，不要吝惜
父母都老了，他们不容易
我们要感恩，我们是他们的痕迹

这世上有许多优秀的东西，并非遥不可及

连辉煌的落日，你都可以张开树杈的手掌

将之托住

我们要把这些犹似春天与夏天的词语

努力穿戴在身上，如同披肩、马甲、皮带、裙钗

我们要去见父母，精神抖擞

我们要学会看见他们惊喜的眼神，直至他们

闭上眼睛

评点

吕　进：也许世界上有两种人最无诗意：一种是迷于功利的俗
　　　　人，另一种是掩盖人性的伪君子。

柯　平：《诗经·蓼莪》："父兮生我，母兮鞠我。拊我畜我，
　　　　长我育我。顾我复我，出入腹我。欲报之德，昊天罔
　　　　极。"孔子评论说："《蓼莪》有孝志"。（上博简《孔
　　　　子诗论》第二十六简）

啊　呜：孔子讲"色难"，意谓从内心去尊敬、关爱父母，从
　　　　而保持和颜悦色的态度是很难的。诗人说，要把一群
　　　　"高大的词语"留给自己，不要怕别人质疑。这正是出
　　　　于一份发自内心的孝顺。而"把这些犹似春天与夏天

的词语／努力穿戴在身上，如同披肩、马甲、皮带、裙钗"，则进一步强调了这孝心的日常化状态，而非某时某刻的表演。

习惯在风里睡着

习惯被风抚摸着睡觉

躺上竹席，就拧开脚后的电扇

风，有长短不齐的手指

慢慢合上眼睛，就觉得

那风，像妈妈了

是一柄母亲的芭蕉扇，不会错的

记得，总是，就那么睡着了

总是不记得，那片凉爽的芭蕉林，何时

停止摇动的

总是，忽然觉得，自己好生简单

觉得自己好生简单，觉得

醒来后，一定有半块饼干好吃

觉得，老师昨天在我作业本上，多画了一个叉

觉得，要去偷偷撕下父亲抽屉里的一张白纸，换

对屋周家哥哥的一颗玻璃球

觉得瓦罐里的那只蟋蟀已经不叫了，可能要死

觉得瀛洲哥哥给我订的《小朋友》杂志，这一期

肯定在街上迷路了

忽然就醒来，怔怔坐起，看着呼呼响的电扇

忽然就想，这股有电臭味的

不是从芭蕉林吹来的风，后来，怎么会

扇来那么多的阴谋诡计、战天斗地、指鹿为马

明哲保身、诚惶诚恐、善恶不辨

那风，接的，是什么电压的主义啊

那风，怎么连摇头，都那么单调

母亲手里的芭蕉，哪一年停的？

那只蟋蟀，是不是，真的死了？

我的脊梁骨凉飕飕的

是一股什么样的风，在里面走呢

甚至，我的脊梁骨，是不是，就是一根人家的电线呢

怎么一到夏天，我这个人就有一股焦臭味呢

忽然就那么醒来，坐起，怔怔看着

呼呼响的电扇

哪一年停的，母亲手里的芭蕉？

那只蟋蟀，是不是，真的死了？

吕　进：李峤说，"解落三秋月，能开二月花"，这是单层意
　　　　义的"风"。诗含双层意，不求其佳必自佳。此诗的
　　　　"风"即含双层意。

柯　平：明知故问，愈见情深。

啊　呜：诗人用"风"的意象把一个童年世界和一个成人世界
　　　　连接到一起进行比较，最后发出疑问："哪一年停的，
　　　　母亲手里的芭蕉？／那只蟋蟀，是不是，真的死了？"
　　　　若要解答，大概得先问一问那颗被称为"最初一念之
　　　　本心"（李贽）的"童心"是否还在。

一场狠心的雪把所有的人都打回了童年

一场狠心的雪把所有的人都打回了童年

连老人都伸出颤颤的手,去摸雪团子

一个童年的雪仗,在手心哆嗦

所有的臭美姿势都摆在树木的前面展览

照片储存器是雪做的

西湖断桥本来是不断的,今天被脚印踩断

不是有人滑倒,是有人滚入冬天的怀抱撒娇

屁股痛,也是幼时感觉

想起那时候挨打也是一种幸福

那些打屁股的亲人,被上一场雪带走了

上辈人过得冷不冷我们不得而知

但是今天我们都不冷,没有一份童年是冷的

一场狠心的雪,把所有的天真与顽皮都驱赶出家门

让它们无家可归

其实我认识那个颤颤的老人，他穿过白色囚衣
而这一刻，他手心捧着的那团固体眼泪
却一直不肯融化
坚硬得像二十年刑期

吕　进：最后一个诗节是神来之笔，让诗突然增加了厚度。所
　　　　以古人总是说，诗的"结"难于诗的"起"。最后一
　　　　个诗节把读者带到了"云深不知处"的想象天地。

柯　平：雪团子里藏有一个炸弹。

啊　呜：见惯了甚至厌烦了下雪的北方人是很难理解南方人对
　　　　雪的执念的。我们既害怕冬天的冷，又热爱雪天的白，
　　　　雪甚至成了我们对抗寒冷的事物。正如我们认定庄稼
　　　　在厚厚的雪的被褥下冬眠，我们会拿雪搓手来取暖，
　　　　我们堆雪人、打雪仗的时候就觉得像在春天而全无寒
　　　　意。诗人说雪"狠心"当然是反话，但在这首诗里，
　　　　并非只是要追忆欢快的童年，更多的是要写那"一直
　　　　不肯融化"的"固体眼泪"。那个"穿过白色囚衣"
　　　　的老人如今在一个雪团子面前"哆嗦"，我们可以想见
　　　　他内心深处肯定有更大的波澜。虽然我们无从确认那

波澜是源自懊悔还是坚持，但在纯净的雪和无忧无虑的童年面前，一切沉重的人生都因为欠缺纯粹而变得芜杂而令人生厌了。

就这么沉沦

石片在水面跳跃

一下，两下，三下，四下，五下，十下

带着顽皮、科学、角度、喜悦

带着童年

童年有书包撞着屁股的节奏

一般都发生在放学回家的路上

找轻盈的石片，找不大不小的石片

找赌气与好胜

找石头比水更轻的奇迹

即便到了中年，有一次

我们也这样玩过童年

我们像运动员一样弯下腰，哈哈大笑

一下，两下，三下，四下，五下，十下

打击命运

最后，才沉沦

现在我们都不玩这些了，一切

不再新鲜与可笑

我们都知道事物的后果

都知道失败有前奏

一下，两下，三下，四下，五下

至多十几下

吕　进：儿时的乐趣，成年后的领悟。石片带来对人生际遇的
　　　　思考。外在的一切经诗人的主观体验而获得诗的生命，
　　　　如同睡美人经王子一吻而复活。

柯　平：如闻南屏晚钟，声声都在心头。

啊　鸣：诗的三个小节，刚好对应了人生的三个阶段，从童真
　　　　与乐趣，到"赌气与好胜"，再到洞明与"沉沦"，让
　　　　人悲从中来。其实从孔夫子开始，"知其不可为而为
　　　　之"的决然态度逐渐成为中华民族的一个传统，但这
　　　　种悲壮的选择需要太大勇气，于是"就这么沉沦"，多
　　　　么无奈的结局啊。

道路与声音

这一边，拖拉机从上往下开，突突突，突突突
拖拉机手，歪戴着帽子
抽烟，啪，啪，啪

这一边，拖拉机往上开，突突突，突突突
拖拉机手，抽烟，啪，啪，啪

越开越近，越开越快
来不及啦

砰砰，咣当，咔咔咔，轰轰轰
噼里啪啦，乒乒乓乓，咣咣咣咣
嘎嘎，轰轰，叭叭叭叭

女儿大乐，再讲一遍，再讲一遍
于是又讲一遍，乐此不疲
因为那年头住在市郊，女儿常见手扶拖拉机

现在女儿做了电视制片人

每天晚间，静静的，我用电视遥控器

听着她作品里的声音

砰砰，哐当，咔咔咔，轰轰轰

噼里啪啦，乒乓乒乓，哐哐哐哐

嘎嘎，轰轰，叭叭叭叭

生活与人性

歪戴着帽子，抽烟，啪，啪，啪

我熟悉手扶拖拉机，也熟悉中国道路

总是这样

人把生活，开得疯快

吕　进：“快”不打紧，这是生活；“疯快”会疯，这是人性。

柯　平：形容声音的部分让人想起《琵琶行》，结尾转得稍有
　　　　点快。

啊　呜：诗歌内容很简单，无非是父亲和女儿，在人生的两个

阶段，分别为对方讲故事，父亲在这两相对照中感到光阴的飞奔、生活的"疯快"。形式上颇大胆有趣，诗人用了大量的拟声词，甚至有六行由纯拟声词构成。这是要以声音搭建一座桥梁，以便连接到过往岁月中父女间亲近的感受上去。

罪　过

你们犯了遗弃罪，亲爱的父母

你们自己都不知道自己做了什么，竟把我

孤零零地扔在这个世界上

这世界的风，始终不暖

而捂着我的热度，却一下子

少了一半

每一个十字路口，我都习惯性地停一停

其实，我也知道该往哪个方向走，只是，耳边

少了一句"路上小心"

只要路过庙宇，进门合掌

第一眼，就是你们的笑容。有时候

觅得一点好吃的，想端上

忽然知道，你们已经不会饿了

这一刻我就会眼含热泪，这一刻

就想到你们，你们确实已经遗弃了我

这世界霾依旧，大风依旧，我每日走路依旧

我会自己扣紧风纪扣

其实我也明白，在走路的不是我

是完整的你们两个

因此你们的罪过，全在我，这不用说

我会用一炷最细弱的火，把清明与世界点着

我会蹲在这团火的面前取暖

道理我是懂的，只要

我不把自己遗弃，你们也就平安了

吕　进：这样的悼亡诗，的确前所未见，诗人写得才气横溢。
　　　　"不把自己遗弃"是生者对父母最好的报答。

柯　平：诗人才气过人，诗歌感人至深。

啊　呜："子欲养而亲不待"，这是天下子女们永远的痛。诗人
　　　　别出心裁，说父母的离世是对"我"的遗弃，而且是

"犯了遗弃罪"，可见其不舍。但最终，"我"又如何忍心责怪父母呢？他们的精神、意志都由"我"继承了，"我"就是他们在这世间的延续啊。所以"我"能做的，只有"不把自己遗弃"，善待自己，以慰父母在天之灵。

辑二

月亮夜不闭目

黄昏信函

请允许我降低目光的亮度，这世界有点刺眼了
连风也看出了我突然而至的迟缓
我要以新的节奏展开我与人生的故事，而你
终会适应这一点，亲爱的

将体内的燃烧放慢，柴禾已经不多
不再在意周遭的树叶黄绿
羡慕那只窗下秋虫，哪来的体力，还能
私闯那么多人的梦境

越来越专注自己的阳台，只能这样了
就连那里的风景与蜜蜂也在减少
壁炉里，余烬噼啪作响，不要说多么难听
那毕竟还是我努力的歌声，未及死亡

好在一切都是记得起来的
我越来越要用回忆爱你，亲爱的

血管里，泥沙像往事一样淤积

往事也像泥沙一样，每一粒金子都有闪烁

在夕照里我写下这份平静，又将这平静

推给夕照的光芒。我连拥有的气力都在少去

你读得懂我的心思，亲爱的

你总能显出晚霞的依偎与沉默。这也是我爱你的理由

评点

吕　进：艾青《关于爱情》一诗道："这个世界／什么都古
　　　　老／只有爱情／却永远年轻。""纱窗日落渐黄昏"，
　　　　爱情永久无黄昏。

柯　平：想起叶芝老先生那首《当你老了》，才华有大小，境界
　　　　无高下。

啊　呜：衰老不可避免，力量变弱，节奏变慢，内心也变沉静，
　　　　但它又意味着一种新的开始，一个更"专注"于自身
　　　　生命的人生阶段正在开启。在这首诗中，诗人既是在
　　　　对爱人表达忠贞不渝的爱意，又是在对黄昏喃喃自语，
　　　　将爱情和对生命的感知融合在一起，让人看到一种柔
　　　　软而温和的人生底色。

失 恋

时间，当然已经很久了
你心房的那个够不着手的角落里，一只蚂蚁
始终活着
连皮带血的，尖利利的，每天都
咬下一点什么来

每夜难睡，安眠药换了四种
睡着了，也睡不死，就因为那只蚂蚁
不肯安分

夏天还没过去，你看见的树，便都已枯黄了叶子
而寒冬刚至，你就听见
嫩芽在响，噼噼啪啪一片
那是你递了一些虚构的情节，交付那只蚂蚁
你希望有春天爬动，给自己一个痒痒的感觉，但是
它却
咬你一口

白天，风吹过你的脸上，但找不到你的泪腺

该风干的，早已风干

只在夜晚，枕巾还有南方雨季的感觉

有感情的橹，勉力

摇过古老的桥洞与捣衣声

所以你的阳台上，总有一条枕巾，早晨要晾着

手机上那个冤家号码，不肯删去

你再也不敢打

它也总是不响

手机换了三只了，号码还在，就像

那只蚂蚁活着

蚂蚁还能给个痛

这号码，这十一个数字

怎么会编排得如此无情

哪怕只更动其中一个数字，这世界

就通了

吕　进：“诗者，持也，持人情性。”唐代李益《写情》诗曰：
　　　　"从此无心爱良夜，任他明月下西楼。"这首诗是其现
　　　　代版。

柯　平：到"咬你一口"处就结束，会怎么样？或许也是一种
　　　　效果。

啊　呜：古人说"情不知所起，一往而深"，这首诗则说明情也
　　　　不知如何终了，藕断丝连。值得注意的是，诗人用第
　　　　二人称来写，这就是一种旁观者的视角了。中国传统
　　　　的"温柔敦厚，哀而不伤"的诗学理念，通过这种方
　　　　式得到体现。

春天情窦初开

春天从河里蹿上了岸

她刚才在水里玩累了，她与花瓣、小鱼、蝌蚪玩了很久

一只鸭子也参与了游戏，这只鸭子，当然

是从"春江水暖鸭先知"那群里跑出来的

现在春天挤进了风的里面

她的新花样真多，一忽儿

把右岸的一群树吹成鹅黄，一忽儿

又把左岸的一群树，吹成粉红

她还问我，要不要钻进我的爱情里面去

她想在我爱的眼睛里，制作一场春雨，在我

爱的嘴唇上，绽放一些桃花

她心真好，她想让我的爱情，尽快燕子筑巢

最后，飞过校园围墙的时候，她停了下来

一会儿变成新书包，一会儿变作花裙子

一会儿，变为李白与杜甫的整齐的声音

甚至，她选了一张课桌坐下，甚至
大胆举手提问。她的问题是
为什么，你们大家，都这么喜欢我
我是老师，我就正确回答这位情窦初开的学生：
天下最美的爱情，就是明知故问

吕　进：写春天的现代诗，这首算是上乘，似"春风又绿江南
　　　　岸"般活泼、有趣。在初春的"花样"里，藏着诗人
　　　　的春心。最后一节，诗趣全开。

柯　平：结尾精彩，又受教了。

啊　呜：写春天的诗多如牛毛，如何推陈出新是制胜关键。诗
　　　　人从自然界的春天入手，写到爱情的春天、校园的春
　　　　天，最后以爱情般甜美的春之恋作结。在诗人笔下，
　　　　春的形象如调皮的孩童般可爱，如窈窕的少女般甜美，
　　　　又如善问的学子般乖巧。因此，整首诗清新脱俗，读
　　　　来令人舒畅愉悦。

爱这一株，也爱那一株

爱这一株，也爱那一株

这一株的青翠，如束腰之瀑，腰肢飘忽

而那一株，揽半个太阳，熟得那么丰腴

是的，我爱这一株，也爱那一株

好长时候，没在夕阳下发呆了

风，就从这两株树中间吹过来

我这副旧式骨头怎么了，怎么就会

叮当作响，如黄昏的风铃？

看我左侧脸，有点像唐伯虎

看我右侧脸，有点如西门庆

真相是，我比他俩丑多了

真相是，他俩没走在我脸上，而分别坐于

我的左心房与右心房

而且，我为他俩上茶，他俩闲着无事，击节歌唱

他俩又不约而同推窗，悄悄张望

看我此刻，在黄昏的掩护下

屁颠儿屁颠儿走过去，看我同时去摘

两株树上的果子

就为的世上有这么美丽的果子

我才在心房里摆下一张再一张的卧榻

我陈旧的骨骼才会叮当作响，成为风铃，也甘愿

为我心房里的那些风流客，常年伴奏

我声音很轻，但绝对真实

就像那些果子，在树上晃动不停

吕　进：身与心为仇，俗人之身与诗人之心为仇。唐寅《桃
　　　　花庵歌》云："但愿老死花酒间，不愿鞠躬车马前。"
　　　　《金瓶梅》中有诗云："人笑人歌芳草地，乍晴乍雨杏
　　　　花天。"

柯　平：奇特的想象，新意层出，让人目不暇接。一个文坛少
　　　　有的正经男人，心里寄居的却是历史上的两位著名情
　　　　圣，且敬为上宾，与智利诗人聂鲁达说的"少女把手

扪在胸口／梦想着海盗"相映成趣。

啊 呜：自古至今，热爱树木的诗人有很多，且不论古人，单
说现代的，比如曾卓的《悬崖边的树》、舒婷的《致橡
树》、顾城的小诗《杨树》、席慕蓉的《一棵开花的树》
等，每一首都很动人。但没人像黄亚洲这样，像爱两
个美人一样爱着两棵树，像风流客一样爱着它们，不
仅仅因为这两棵树长得美，更因为它们结了美丽的果
子。宋人林和靖"梅妻鹤子"，自在逍遥，我们的诗人
大概也有这心拥自然的向往吧。

短信时代，愿意给你写封长信

愿意给你写封长信，不用短信，不用微信
只用笔
只用我的心，搓成一支老式的鹅毛笔

相信我，亲爱的
我柔软的心，一向有羽毛的质地

一个字，又一个字。笔很慢
尽管远处街角那些短促的车笛声
一直在提醒我多用惊叹号
亲爱的，我愿意斩钉截铁，更愿意
细水长流

愿意长成一部叙事史诗，里面有
部落大战，有感情的长矛和日子的尸体
那里流出的每一滴血，都不掺假

愿意长成一个电视脚本，里面有

三角恋爱、五角纠缠

有公主的眼泪、王子的忏悔

但是里面的骆驼，都是终极英雄，都拒绝

最后一根稻草

愿意营造一个很长的空间，供你我这辈子走路

或挽手，或拉扯，或推挤

总之，朝两边分开的羽毛，始终要牵着

同一支笔

总之，你要耐心看完这封信

不要轻易让羽毛，回到飞鸟身上

亲爱的，我这辈子只经营道路，我经不起

天空的寂寥

吕　进：羽毛这个意象很丰富，意在象外。何物是"意"？"心"
　　　　字上面加音乐。

柯　平："朝两边分开的羽毛，始终要牵着／同一支笔"，此言

可谓写作秘诀。

啊　呜：在信息时代，提笔写一封长信，真是一件极为浪漫的事。不只是因为这件事脱离了时代大潮对个人的裹挟，而显出独我一个的自由，也不只是因为下笔写又慢又费力，而显出更充分的心意，还因为这封信是那么长，和"一部叙事史诗""一个电视脚本"，以及"供你我这辈子走路"的空间的长度一样。于是，一封信就是一辈子的承诺与相守，一封信就是一辈子的浪漫。

是否见着，已不是关键

我病重那天，你会不会来看我
说这句话的时候，你还很健康，小兽般咬人
说这句话是一只野兽的认真

我顾惜每一朵花与每一棵草的萎顿
我知道秋风凶猛如大兽

我会在秋季的最后一天出发
拄起拐杖或者坐上轮椅
而你要数着日子，如你数着身上正在脱落的兽毛

互相数着的感觉多么温馨
大兽奔过草原，气象报告说风头正猛
是否见着，已不是关键
就如同说我的轮椅，会不会在风中倾翻

吕　进：元好问《摸鱼儿·雁丘词》道："问世间，情为何物，
直教生死相许。"

柯　平："是否见着，已不是关键"，想不想见是关键中的关键。

啊　呜：相知未必能相守，但远远地怀念就足以温暖如春，是
为真情。"我"为一句多年前的承诺，在人生之秋的结
尾处挣扎着去看"你"，"是否见着，已不是关键"，因
为"我"要来的消息，"你"已经知晓，有此心意即
可，而"我"能否到达，得看天意。"海内存知己，天
涯若比邻"，相知的情谊就是心始终靠在一起。

又一个春天在岁月里走散

春天是腮帮上的红晕

春天的温度最适合男人和女人见面

春天是屋顶上夜猫惨厉的叫声

又是一个春天的黄昏

我看见河流在地平线那儿拐弯

它离天空与大海各近了一步

它身上落的，不是晚霞

是桃花瓣

我茶杯里的龙井，谁来斟满？

用地平线绣花的那个人，可听见了

落日的响动？

又是一个静静的春天，在岁月里走散

不闻任何响声

就如同，花瓣落入水面

如同，心酸的河流

在嘴角拐弯

吕　进：“花瓣落入水面”，走着走着，就散了，这就是岁月，
这就是人生。诗人慧眼。

柯　平：此诗应该是记叙个人经历的情诗，如李商隐《无题》
诗，只是写得比较隐晦而已。但从“地平线绣花”这
一有特定时代烙印的语言，可知故事发生在诗人早年
当知青时。又考虑到诗题为“又一个春天在岁月里走
散”，与上诗分咏的应该是不同的对象。不过后来由于
种种原因，都没成功，尽管彼此不愿，也只能分手。
于半个世纪后的今天回忆当年告别时的情景，“心酸的
河流／在嘴角拐弯”，不妨视作江淹《别赋》“黯然销
魂者，唯别而已矣”的现代版。

啊　呜：诗里这含蓄的情愫最是温柔，也最是残酷，最是这情
诗的动人处。当情感的大门开出一条隙缝，满园春色
便关不住了，连“落霞”都化作了“桃花瓣”，是为温
柔。你不言语，她便随春天而去，与你“走散”了，
是为残酷。而贯穿全诗的粉色调——脸上红晕，天边
晚霞，身上桃花，水面落花——则是那动人的色调。

那些婉转的声音，多么像鸟鸣

黄昏，这些鸟儿的鸣声，像
一连串子弹
击中了我

一连串回忆，从细小的伤口
流出

也是小树林
那些婉转的声音，多么像鸟鸣
关于爱，关于永恒
我那时也被击中，几乎死了

幸亏活了回来
幸亏，伤口成为瞳孔，水汪汪的
没有血
免去了一生的疤痕

吕　进：爱情是一所学校。海誓山盟总是赊，而今欢颜付流水，
　　　　心中沧桑已千年。

柯　平：难得读到亚洲的情诗，居然也是姿态别生，独具一格。

啊　呜：被"爱"的美妙"子弹"击中，而负了伤，固然让人
　　　　性命有危，但只要"伤口成为瞳孔"，眼泪就会清洗出
　　　　一个更为丰满的世界。

月行三更

月亮被掏空大半个
船行黑夜，云彩为风

三更天总是这样的没有方向
我在键盘上摇橹

四顾苍茫，你在哪里
我的橹从南窗摇到北窗

惊鸿一瞥，便成绝唱
世间也像老天，如此暗黑

月亮被掏空大半个
我不是还有心吗

不是还有橹声吗
这夜的虫鸣

竟是为何，相思只在三更

舷边有水，流萤无情

吕　进：黄亚洲的诗多家国之思，多给世界以诗意的裁判，个
　　　　人咏叹不多。但此类篇章，多是真实之我，多为精品。
　　　　此诗语言极精练，以少少许胜多多许，内在节奏也很
　　　　平缓，多情。

柯　平：此首稍平，似未尽全力。

啊　呜：三更天，相思夜。"月亮被掏空大半个"，"我"大概觉
　　　　得自己也被掏空了大半个，所以才不停地强调自己还
　　　　有什么，但无论有什么，都不及有"你"。是为情到
　　　　深处。

春　雨

亮晶晶的春天落下来，湿了树冠

湿了屋檐，湿了伞，湿了

有丁香味的小巷子

春天总是这么柔情

这么循循善诱，把一切

拉下水

春末的时候，我的心，终于长出了毛

遇一丝微风，也会

蠢蠢欲动

湿漉漉的草间，一只蝴蝶停下

我认出了她的前身，说

贤弟，快过来

我早就认出你是装扮的

夏天见我这样子，着急了

在远处，搓着

太阳的艾灸

吕　进：把一切拉下水的春天是黄亚洲的春天，搓着太阳的艾
　　　　灸的夏天是黄亚洲的夏天。别出心裁、不落窠臼是诗
　　　　的生命。诗有三种存在方式：以心观物，化心为物，
　　　　以心观心。这首以心观心的诗，写春天，其实是写自
　　　　己，创造者成了自己的创造品。

柯　平：语言不俗，诗就成功了一半，再加上细腻的体验与想
　　　　象，另一半差不多也到手了。

啊　呜：杜甫写春雨，取其"润物无声"；戴望舒写春雨，取
　　　　其情意朦胧；黄亚洲写春雨，则处处雀跃着一颗年轻
　　　　的赤子心。"拉下水"、"长出了毛"、"蠢蠢欲动"、对
　　　　"贤弟"的喊话、"太阳的艾灸"，处处戏语，让人觉得
　　　　活泼灵动又珊珊可爱。

晚年爱情

至于爱情在季节缝隙里的发芽，及其绽放与真诚
我从未怀疑过
爱情并不只在小说里才有热烈的秋波，这我
从未怀疑过

我现在又老又丑，晚上两三次的起夜，头发要染
但是现在还能收获爱情，我从未怀疑过

我接受冷鱼与石斑鱼的爱情，因为我总是给她们一条
玻璃一样的山溪
我接受松鼠与蝉的爱情，都明白我制造的夏天
这么的宜居
我也接受海燕与鸥鸟的爱情，因为我总是习惯
混淆大海与长空的界限，我愿意赠送最广阔的领域
甚至，路边，我愿意接受秋虫的爱情
她们的哀怨充满温情，这我都能感受

我一直用我永远年轻的诗歌回应她们，我的

鹅黄色的时间与空间里，蜂与蝶，总是

成群飞起

这就是属于我的两性互动的爱情，只是这样

我这满头伪装的冬天，可以作证

大自然与我越走越近

人啊，都请别再靠拢

只是这样

至于爱情在时间里的真诚，我从未怀疑过

我这满头伪装的冬天，可以作证

吕　进：王维《酬张少府》曰："晚年唯好静，万事不关心。"
　　　　李商隐《晚晴》曰："深居俯夹城，春去夏犹清。"
柯　平：冷鱼是什么鱼？
啊　呜：以爱情作喻，讲"我"和"大自然"的亲密关系，固
　　　　然是要强调这份亲密情感的热烈与真诚。但诗中有一
　　　　句"人啊，都请别再靠拢"，则暗示了这份亲密背后还
　　　　有一层疏远在起作用。于此，这份爱情就有些避世的

意味了，而非陶渊明那种"性本爱丘山""误落尘网
中"的复归。

真相是一幅油画

真相蒙着盖头，静坐洞房婚床

新郎正在被训诫

语重心长

有人说新郎是八个

我说不止，我也是新郎

我周围很多很多人，都是新郎

我们都想入洞房

有的婚永远也结不了，所以

现在流行单身

这是时髦：银河拒绝喜鹊的翅膀

所以这幅油画，永远值得挂在墙上

一位盖头新娘，静坐婚床

红烛明亮

洞房锁了

所有的新郎都签下：明白

写下两个字的诗行

新郎走向原野

据说原野广阔，风吹着自由

小孩子都不要跟着啦，没有喜糖

真相是一幅永恒的油画

真相不挂在墙上，不叫真相

评点

吕　进：爱是诗的永恒主题，诗的失落、失望就属必然。

柯　平：总感觉有很深的意思藏在诗里，一时未能完全吃透。

啊　呜：进洞房的，可以明了，可以贴近；挂墙上的，就只能
　　　　猜测，远远观赏。新郎自然是要进洞房的，可新娘挂
　　　　在墙上呢，怎么办？真相是永恒的真相，却也是永恒
　　　　不可知的真相吗？

月亮夜不闭目

不是为了李白，也不是为了苏轼
月亮，才坚持夜不闭目

也不是为了广寒宫与桂花树，以及
那只小小的玉兔，也不是
为了泰戈尔笔下那位去夜塘打水的村姑

唯一的解释，就是
为了我，她知道我今夜辗转反侧
知道白天过于炽烈的光线，灼伤了一颗心

用最清凉的水，一遍遍
洗我眼睛，洗我耳朵
在我枕巾上，放一些嫦娥的呼吸

作为回应，我眼角要淌出泪珠
总会有默契的人，在很远的地方，与我

躺在一起

并且在她的枕巾上，感到潮湿

吕　进：这首诗堪称一部精彩的言情小说：有人物——"我"
　　　　和"她"；有场景——"今夜"和"枕巾"；有情节——
　　　　"炽热的光线"和"眼角的泪珠"。然而这是诗。诗人
　　　　不写故事，而是写故事引起的情感，不写"情"，而是
　　　　写"感"，这就是诗，夜不闭目的月亮照耀下的诗。

柯　平：王国维说："昔人论诗词，有景语情语之别，不知一切
　　　　景语皆情语也。"

啊　呜：作为一个经典意象，月亮在这首诗里倒更像一个配角，
　　　　而主角是"我"。这个"我"相当自信，是一个自认
　　　　为月亮也为自己"夜不闭目"的人，一个自认为把李
　　　　白、苏轼、泰戈尔乃至嫦娥、玉兔都比下去的人；又
　　　　相当顾影自怜，是一个为回应月亮而流泪的人，一个
　　　　觉得远方还有为他泪湿枕巾的女子的人。诗人以此达
　　　　成一种人性揭露与批判的目的。

辑三

何时抓一匹鹰到我诗里

写诗是一场战争

写诗是一场战争
有太多的敌情、信号弹、肉搏、失败、逃跑，也有一场
难得的胜利

由于这场胜利，我抱住所有的战友痛哭——我的想象力
我的小聪明、我刹那间的灵感
我所有虚伪里的一小块真实

我还抱着我的援军痛哭
那些突然跳出来拔刀相助的词汇

写诗是一场战争与无数场战争
我要从无数场失败里榨取一场胜利，而这
甚至有点像赌博

毕竟，我是要怀抱这场胜利，跨过我
最后的人生的

当然，你也可以把那一刻叫作最后的失败

但我已经跨过去了

昂着我的头颅

那发信号弹，其实是佛祖打的

其实，他并不认为人生是一场虚妄

吕　进："句向夜深得，心从天外归。"若止于此，则不是黄亚
　　　　洲的诗。黄亚洲的诗是入世的滋味。

柯　平：写诗是一场战争，唯一的敌人就是自己。元好问《论
　　　　诗》绝句云："诗肠搜苦白头生，故纸尘昏枉乞灵。不
　　　　信骊珠不难得，试看金翅擘沧溟。"文学史上不乏这样
　　　　的例子，开始不怎么样，后来越写越好，或开始已经
　　　　很好，后来写得更好。沃尔科特在八十岁写出了他一
　　　　生的杰作，相信亚洲也会是这样。

啊　鸣：把写诗比作战争，可见诗人的观念里，写诗有紧张感，
　　　　有危险性，当然也有成败之分。所谓紧张感，是写作
　　　　者对自身使命的高度认知，不管是从"知识分子是社
　　　　会的良心"这样宏观的角度出发，还是从"诗歌有无
　　　　用之用"这样微观的角度出发，诗歌都必然有所担当，
　　　　所以诗人也相应地要保持紧张的姿态以完成使命。所

谓危险性，则是由创作过程中写作者要求每个句子、每个词，甚至每个字都最恰当的严苛态度带来的，稍有偏差即是"一粒老鼠屎坏了一锅粥"似的满盘皆输。所谓成败之分，大概只有作者自己才能体会，写出一首不合心意的作品，就好像人生的一次落败，甚至是一次溃败，这无关世俗名利，只是一颗骄傲的心被击败了。生命有限，写作无涯，每个真正的诗人都寻求一场诗歌的胜利，以击退一切虚妄的观念，甚至超越生死，让自己的精神意志通过作品得以流传后世。

榨 取

习惯了，用夜灯与晨鸣
作阅读的开关，有时候也用呵欠

下棋是偶尔的，但坚持以黑白的直觉
堵截人家和突围自己

当然，喝茶是功课，青山与流云需要细嚼
也喝咖啡，小心搅拌西欧与南美

每到井口，就想过去，俯身看看自己
摸摸蛙跳的心脏

一般来说，春雨有多少希望
我也有多少努力

在思想的搓衣板上，一辈子
洗涤生命

最后，穿一身最干净的衣服

上路

吕　进：想起林黛玉《葬花吟》中的句子："质本洁来还洁去，
　　　　强于污淖陷渠沟。"诗题值得玩味。

柯　平："春雨有多少希望／我也有多少努力"，有韩东"有多
　　　　少脂肪／就有多少爱情"之韵味。

啊　呜：生命不息、奋斗不止的诗意说法，大概就是这样吧。
　　　　诗人毫不客气地对自我进行"榨取"，甚至从头到尾都
　　　　不讲收获与满足，可这样的人生让人觉得充实而没有
　　　　虚度。

我总是在运筹帷幄

我总是在运筹帷幄，而你们看不见
知道我的肚子是个中军帐吗
令箭满地

我的心脏，会沿着肋骨的弧线
慢慢走到肺的附近，大胆授予自己
夕阳的荣誉

我的肝和胆，一直在派遣新鲜的血液与胆汁
与每一根骨头，与臂肌，与腿肌
商议如何协调力量，致敌最后一击

你们看不见我内心的喧哗
我周身血管如大小驿道，皆是传令兵急骤的马蹄
而细腻的皮肤垂直分布，始终保持
帷幄的质地

就如同大自然

云的奔突、风的腾挪、候鸟的栖落与惊起

就如同战争，用蜡笔

反反复复涂抹土地

就是这样，世界的颠三倒四，都入我眼

这六月雪、腊月雷，这斗转星移

就如一些美篇、若干金句

我每日铭记于心，暗自欢喜

你们看不见

我全年保持青春的秘密

你们看不见

我每天与世界交换俘虏，点数男女

吕　进：人生如战场：人情似纸番番薄，世事如棋局局新。

柯　平：杜甫说："为人性僻耽佳句，语不惊人死不休。"此诗
　　　　于诗集中不算上佳，但可当一"奇"字。

啊　呜：这首诗背后观念的源头，应该是道家天人合一的思想。

人的身内、身外，各有一个世界。两个世界之间也有复杂的互动，并形成内外的平衡："我每天与世界交换俘虏，点数男女。"但诗人又强调"我总是在运筹帷幄"，并且"你们看不见"，从而在内外平衡之中，又突出了自我的主体地位。

心　愿

把多雨的江南，看成我的忧伤
如果陈独秀和鲁迅是两条江河

把多难的犹太人，看成一群萤火
如果爱因斯坦是人类的黎明

把狭长的智利，看成一行诗句
如果聂鲁达是一个童话

把我昨夜的梦，燃烧成一柄火炬
如果世界，总是那么黑暗

吕　进：此诗内蕴丰富，文字吝啬。好的抒情诗在篇幅上总是
　　　　极其克制的。德国学者黑格尔说："事件构成史诗的内
　　　　容，像风飘过琴弦一样震动诗人心灵的瞬息感觉构成

抒情作品的内容。因此，无论抒情作品有怎样的思想，它不应该太长，往往应该是很短的。"千言万语，倚马可待，也许根本就不具备做一位诗人的资格。

柯　平：难得一见的新诗八行体，体格正宗，已故沙鸥先生毕生致力于此，其子止庵亦有成就，不过后来改行做书评家了。

啊　呜：在今天，诗人首先是知识分子，然后才是诗歌写作者。所以诗人有其作为"社会的良心"的职责。在这份职责要求下，诗人要担负的是家国之忧的忧，要关心的是天下兴亡的亡，要怀揣的是未来梦想的梦，要燃烧的是人生命运的命，以此勉力照亮一方。

诗歌的悲哀与时俱进

我去农贸市场转悠

你们就会在一首诗里，闻到鱼腥

我在一个乞丐面前蹲下

你们就会在另一首诗里，听见硬币的响声

我走进寺院，双手合十

你们会在一首很长的诗里，看见青烟缭绕

我对着酸腐与丑行骂声不绝

你们会在我所有的诗里，听见猫叫与蚊子哼哼

吕　进：黄亚洲的诗是入世的诗、演戏的诗，不是出世的诗、
　　　　看戏的诗。

柯　平：当年一首好诗发表，可以听到回荡的隆隆雷声，如今

只能听到猫叫与蚊子哼哼，不知到底是进步了还是退步了？

啊　鸣： 诗歌反映现实，现实有多少悲哀，诗歌只会有更多悲哀，因为诗歌不只有反映的现实的悲哀，更有反映之后无力抚慰伤痛和解决问题的悲哀。因此人们常说诗歌无用。但我们又说诗歌有"无用之用"，诗歌的悲哀，抑或诗人的悲哀，只是希望这"用"的成分能更明显。然而正如爱尔兰诗人谢默斯·希尼在其诺贝尔文学奖获奖演说中所说的那样，不管怎样，我们仍然要"归功于诗歌"，"既因为它自足自立，也因为它是一种帮助，因为它使一种灵魂的中心与其周围之间，成就了一种流动和滋养的关系"，"在我们的时代以及一切时代，因为这个词在任何意义上，都是生活的真谛"。

维纳斯双臂哪里去了

每当我注视维纳斯高耸的鼻梁

高耸的乳胸、高耸的臀部

我就一直想，她优美的双臂究竟哪里去了

真是摔碎的吗，有意为之吗

我打小就想

后来我成了诗人

那个深夜，苦苦写诗的时候，不经意

低脸，注视自己的双臂

我豁然开朗

从此，我的诗，美得

经常断了双臂

如同一场秋天，丢了果实

吕　进：“隐”，中国古代美学的重要范畴。文显而直，诗曲而
　　　　隐。诗是无言的沉默：言在意外，趣在笔外，诗在诗
　　　　外。口闭则诗在，口开则诗亡。对于诗学而言，在就
　　　　是不在，不在才是在，优秀的诗人应是留白的巧匠、
　　　　断臂的高手。

柯　平：砍斫也是一种艺术。

啊　鸣：维纳斯的美在于其不完美，因此人们可以在头脑中为
　　　　之匹配无数美好的双臂。与之类似，我们对待世间事
　　　　物大可不必求全责备，或者说完美本就不存在，而一
　　　　切事物的残缺处自有观赏者为之补全。

何时抓一匹鹰到我诗里

假如我也可以用鹰这一被用烂了的意象
来组织我的诗歌，哦
——鹰，你怎么会被用烂了呢

我仍然要把一匹心仪的鹰，解下云朵的界桩
投入我的诗行
无论如何，要让一匹鹰，在我小里小气的纸张里
拉动风和天空

翻开诗集，所有纸张都将响起簌簌大风
鹰的羽毛落下
满屋子黑雪纷飞

一定要让我的诗行伸出鹰爪，攫取灵魂
我的，你的，以及他们的
不要让这成为疑问
一定要让我的诗眼，放射鹰的那种凶狠

洞穿地理也洞穿历史

一定，要让一匹鹰来帮助我完成这个任务

不管文学有没有用烂这个意象

鹰是我的

哪怕我的这些脆弱的纸张，不堪鹰爪的锐利

悲惨的是，翻开诗集，经常是什么响动都没有

一群蝼蚁爬过来又爬过去，还有一只

自命不凡的蟋蟀

新华书店贴出布告

说又有一部好诗出版，作者曾获鲁迅奖

首版，就打六折

吕　进：责怪诗人的无力是不公平的。鹰在架上啊，期待解绦。
　　　　唐人崔铉《咏架上鹰》云："天边心胆架头身，欲拟飞
　　　　腾未有因。万里碧霄终一去，不知谁是解绦人。"

柯　平：理想主义的鹰飞在现实的时空里，或英雄主义的鹰停

在农家的灶头上，两种方法都能写出好诗。

啊　鸣： 从这首诗，我们可以看出诗人对自己写作的高要求、高标准。诗人以充满自由意志、雄壮精神的"鹰"为喻，表达对自己作品所呈现的精神面貌的不满，故此希望自己能在文字中展现"鹰"的力量。全诗结尾处，诗人以书店的布告做了一番自我调侃——虚名虽盛，自己却是毫不在乎的。

锻　打

我锻打诗歌，依次
加入盐、磷、锰、闪电、台风
还有马蹄、军号与弹壳

你又在哪里
在丝绸与流水的深处？
知道你，怕我

怕生活的棱角
怕棱角上的钢铁，甚至刺猬、弯道上的荆棘
当然，还有我

生活依旧指向磨难，你又在哪儿
还有没有一块手绢，可以搅碎河中倒影
为我擦汗，或者拭血？

我锻打诗歌

我在加入了所有的东西之后，能不能

加入你？

你需要盐、磷、锰、闪电、台风，还有

马蹄、军号与弹壳

你需要它们的百分之十

这样，你就会有百分之十不怕我

我锻打诗歌，你眼睛里有百分之十的火星

是我溅起的，无论你

会在哪里

吕　进：“锻打诗歌”应该是当下诗坛的紧迫命题。“丝绸与流
　　　　水”“河中倒影”都是一种美，然而现代诗歌也需要
　　　　“马蹄、军号与弹壳”。艾青说过，需要小花小草，也
　　　　需要大树。

柯　平：诗中的“你”含义较隐晦，给阅读和理解带来一定
　　　　难度。

啊　呜：当一回诗歌的铁匠，却要锻造一首温柔的情歌，于是
　　　　有了这铁汉柔情的分行。无论锻造这件事如何铿锵有

力，最终只为"你"能为"我"擦汗拭血的柔情似水；无论锻造者加入什么材料，最终只是要激起对方眼眸中爱的"火星"。

端着钥匙前进

一把钥匙总是能让一个男人想到很多，想到
宝藏、楼宇、荣誉、女人
亮晶晶的一把钥匙，你每回都从刀鞘果断抽出
直截了当

磨刀石由血型、生肖、星座铸成
你磨就了钥匙的每一颗牙齿
你用了小半辈子

每天，你端着钥匙前进，既果断又小心翼翼
像搜索战场的新兵

不相信所有的山峦起伏都不是你的齿形
不相信所有的爱情，都对不准尺寸
从来不停下搜索的步子
自信是你身后唯一的长官

深信这个世界，必有一组精确的密码等着你

社会与女人，都可以解开

你弯腰前进，既果断又小心翼翼

你在人家的十字瞄准具里，小心翼翼前进

你按照自己的齿缝般的节律，每日心潮奔腾

你的姿势叫我心疼

你坚信人生途中"咔嚓"的一声，必是你转动人家

而不是人家击中你

记得我对你说过

倒下的，从来不是元帅而是士兵

记得我说过，能开锁的男人，从来不用钥匙

吕　进：被诗的太阳重新照亮的钥匙，从世俗世界升华起来，
　　　　丰富起来，使人浮想联翩。结尾一行，如有神助。

柯　平：诗人总能于寻常中写出不寻常来，"能开锁的男人，从
　　　　来不用钥匙"，受教了。

啊　呜：世间奥秘太多，如果每一个都是一把锁，那么相应地

就有无数把钥匙与之匹配。诗中的"你"是坚信这一点的，但"我"却相反，"我"认为"能开锁的男人，从来不用钥匙"。这是一场无法追根究底的辩难，诗人写作的意图也不在于明确两人的是非对错，而是要通过这个辩难，表达对执着于上下求索的人的关爱和怜惜之意，因为他们的执着几乎是一种执念，在"我"看来，难免会遇到本可避免的挫折与伤害。

梦　魇

晚上睡觉，你最好开一盏小灯，不然
半夜惊醒，会有个三角形的背影，坐在床沿

你问他，他不作声
推他，也不回头

你闭眼，他没有了
你开眼，有个三角形

你晚上睡觉，最好开一盏小灯
让黑暗睁开一只眼睛，会好一些

他是个梦魇，三角形，很尖锐，只是
还没有，压到你身上

吕　进：黄亚洲曾宣示，什么都可入诗，普天之下，莫非"黄"土，关键在于诗人的诗化能力。读黄亚洲的诗，感到诗人之思可以不择地、不择人、不择物而自出，处处皆诗。

柯　平：此诗令人稍觉费解。

啊　呜：这首小诗最精警的是倒数第二节。诗人说，"一盏小灯"的光是黑暗的一只眼睛，其形象正是宇宙的真实面目，可以让人想见太阳在漆黑的宇宙中孤独闪亮的样子。如此来看童年的恐惧，大约就是人类的恐惧了吧。这是小诗折射的大意义。

嗅着自己的心跳

嗅着自己的心跳，嗅到了白玉兰和紫荆的清香

好生奇怪

还有栀子花，还有海棠

一个已经不适合恋爱的年龄段

我的心跳，怎么会

响起嗡嗡的春蜂

春天这么热闹

满树铃铛被阳光摇晃，这也是

我沙哑的羞涩吗

好生害怕，这个反常的季节里

蜂尾的毒针偏偏对准了我，那么就进来吧

姑娘们，不用翻墙，也不用钻洞

这满园的春色，已经禁止我

设置门票

吕　进：谁都有春心。没有春心，世界就会衰老；没有春心，
　　　　就再也没有诗人。李商隐说"春心莫共花争发"，不
　　　　在理。
柯　平："老夫聊发少年狂"，诗人不肯让古人独美。
啊　呜：北宋词人宋祁的《玉楼春·春景》有云："红杏枝头春
　　　　意闹。"诗人也要写热闹的春意，但这春意是从内心开
　　　　始的，是自己嗅着嗅着就嗅出来的。如此说来，这春
　　　　意是内心的春意，是恋爱的春意，哪怕"我"已经处
　　　　在"不适合恋爱的年龄段"。爱的春意热闹，自然拦
　　　　不住、遮不了，甚至想要卖个门票也不行，"蜂尾的毒
　　　　针偏偏对准了我"，那么，就敞开心怀，大胆地接受爱
　　　　意吧。

你要保持童心

这是生命的必需，你要保持童心

要让每一个春天都顺利通过皱纹

进入心灵

并且破釜沉舟，断绝后路，抹平痕迹

这工具也可以是现代化妆品

要保持童心，无论在卡拉 OK 还是旷野

要大声唱歌，乃至做虎狼之吼

把对不平的怨恨，促成万山轰鸣

你要与蝴蝶对话，不掩饰对自由的赞美

哪怕它一个翅膀叫山伯，一个翅膀叫英台

要保持童心，相信当天的太阳是崭新的

云彩的包装纸刚刚打开，专门快递给你

蜜蜂是四溅的花粉，春天总在你周围爆炸

不要去想人家尾巴上是否藏有毒针

天下没有这回事

要把轻微白内障看成朦胧诗

把关节疼痛，转让给中国与尼泊尔联合登山队

要对孩童扮鬼脸，相信自己离鬼还早得很

要用练就的童心，对老练的世界说

够了，几十年了，收起你那一套吧

吕　进：王国维认为，客观之诗人应多见世面，而主观之诗人则
　　　　阅世越浅，性情就越真。其实，诗是客观世界的反应，
　　　　而不是客观世界的反映。所以，客观之诗人就是有再
　　　　强的"消极能力"，也是诗人，而未泯的童心是诗美的
　　　　奥秘。

柯　平："让每一个春天都顺利通过皱纹"，跟西谚"骆驼穿过
　　　　针眼"相比，不知哪个更难？

啊　呜：年龄在增大，身体机能在衰退，但心灵可以永葆年轻，
　　　　这是面对不可逆转的时光，人所能给出的最强有力的
　　　　回击。或者说，一个人对抗衰老的终极武器，就是童
　　　　心。心有春天，所以要用化妆品抚平皱纹，要用歌声
　　　　保持愉悦，要用纯真对抗处处设防的世故心态，"要把
　　　　轻微白内障看成朦胧诗"，要用运动解决"关节疼痛"，
　　　　要继续童年的调皮，乐观看待人生。一个人活到这个
　　　　份上，大约就心无所畏、心无所碍了吧。

我就是从那个风雨世界来的

很好，你准时趴在春天的深处，等我

你是一条慵懒的虫

你等着桑叶，知道我带来很多

你咬得沙沙沙响，小贪，连筋筋络络都不放过

沙沙沙的声音让我想到你终究要结出白茧

你还会咬出一个洞，飞去另一个世界

我不想你这么做

那样我带的桑叶就只是桑叶了

我就是从那个风雨世界来的

所以我不想你长出翅膀

我就想你趴在春天的最深处，咬嚼

现世的生活

一次趴着，胜过十次飞翔

请原谅我的自私

也请原谅我实话实说，我就是

从那个风雨世界来的

吕　进：不着一字，却尽显风雨世界的险恶和现世生活的苦痛。
　　　　与蚕对话，其实是对人说话，这就是诗技。
柯　平：此诗是对《易经》"见龙在田"的现实注释。
啊　鸣：这首诗让我想起苏联作家肖洛霍夫的小说《一个人的
　　　　遭遇》和鲁迅的旧体诗《答客诮》。肖洛霍夫的小说
　　　　讲的是一个在"二战"中失去全部家人的男子，捡到
　　　　一名孤儿，从此两人相依为命的故事。鲁迅的诗中头
　　　　两句流传甚广："无情未必真豪杰，怜子如何不丈夫。"
　　　　肖洛霍夫小说中饱经战火洗礼的男主人公对捡来的孩
　　　　子格外呵护，鲁迅在诗中凸显大丈夫怜爱小孩子的真
　　　　性情，而诗人则以呵护一条幼虫的比喻，来表达同样
　　　　的呵护幼小之意。不同的是，肖洛霍夫强调不要让小
　　　　孩子受到战争的伤害；鲁迅则是对他人溺爱之说的回
　　　　击，以"怜子"证其有情形象；诗人则以过来人身份
　　　　表达一种带泪的劝告，出于呵护之意，他甚至不希望
　　　　幼虫长大，不希望它结茧、破茧、成蝶，只因为"我
　　　　就是 / 从那个风雨世界来的"。

狂　风

只有狂风能让我认识自己

沙子给我皮肤的感觉，声音与我对峙

碎石告诉我，人，应该拥有多大的痛楚

而树木，为我示范弯腰、躲闪，以及

将风打倒

只有狂风能叫我热泪盈眶

知道这个世界还没有停止

石头还在挣脱山峰，水在坚持上岸

尖利的枫叶还有能力涌入我的血管，如同

血小板一样狂舞

只有狂风能与我心心相印

让虚伪的世界开始狰狞，露出

本来就有的牙齿

让山的一部分变成地，让地的一部分

变成风，让风的一部分变成野兽

让我知道这个冰凉的世界

还有鲜血

只有狂风才能让我内心宁静，让我能用疼痛

抚摸世界

河流长出枝丫，山脉交换坐姿

许多人不喜欢见血，但我，知道

狂风被打倒之后

有多么的伟大

吕　进：阿·托尔斯泰说过："真正的艺术作品能做到这一点：
　　　　在感受者的意识里消除了他和艺术家之间的区别，不
　　　　但如此，而且也消除了他和所有欣赏同一艺术作品
　　　　的人之间的区别。"此诗，可以给人共同面对狂风的
　　　　力量。

柯　平："只有狂风才能让我内心宁静"，主格调论的沈德潜老
　　　　先生肯定喜欢，可惜他离世已两百年，无缘读到此诗。

啊　呜：狂风这个意象本身就代表了一种强大的生命力、冲击
　　　　力、战斗力，可以和一切"虚伪""狰狞""冰凉"宣
　　　　战。无论从弱肉强食的丛林法则角度去理解，还是从

阴暗狡诈的社会黑暗面去看待，这"狂风"都给人以
热血冲涌的气势和力量，让人无所畏惧。

化蛹成蝶

生活真要得不多，有时候，只需要
一针孔的缝隙
你看，咬破茧壳的那个瞬间，全部的天空
就涌进来了

只需要使一丁点力，只需要软弱的喙
只需要季节在暗中教唆，哪怕
只在第六感觉里

把眼睛举起，看看，外面有这么多的云彩
有虹霓，有叶子，有哗哗的水声，还有这么多
轻骨头的等待撩拨的花朵

甚至有爱情，有另外一只蝴蝶
她美丽的弯尾巴，可以卷得天翻地覆

不要抱怨黑暗过长

关那么久，也属必然

软弱的躯体与软弱的思想，都需要成长

毕竟，壳子外面的气候，一直都在

默默策应

有时候只需花一丁点气力，一辈子

都得到了补偿

吕　进：言化蝶，又不是言化蝶。言此意彼，这就是诗。

柯　平：此诗的主题不仅仅是励志。

啊　呜：破茧是一个老生常谈的话题，要写出新意实属不易，
但这首诗中，一下子涌入的"全部的天空"、"轻骨头
的等待撩拨的花朵"、"卷得天翻地覆"的蝴蝶尾巴，
都让人感到诗人下笔力避俗套的用心。

此外，诗人以惯常的人生蜕变设喻，却以人的软弱性
为切入口，以鼓励的口吻来抒写，让人意识到这是对
传统的诗歌教化功能的一次回归。近现代以来，为艺
术而艺术、向内转、陌生化、消解意义等各种诗歌艺
术观念此起彼伏，诗歌离普通人的世界也越来越远，
阳春白雪式的追求固然无可非议，但贴近世俗的传统
诗教的功能何以被忘怀许久？这值得我们深思。

是什么让我这辈子神采飞扬

在马背上颠簸是多么激动人心
我允许潮湿的马鬃厮磨我的双颊，这比扇耳光轻柔
我允许我长出的尾巴与大地平行

显然，这辈子能让我神采飞扬的就是风，就是
不断后退的目的地

一路蹂躏野花与溪流让我有些抱歉，但这无法把控
制造火星、惊叫与蝴蝶的逃逸是一种必须
不要指责速度指责鲁莽
我的人生旅行本来就是风声呼呼的

远处有帐篷，有茶炊，有女人
远处还有远处
远处的地平线是针对我的套马杆

除了这样赶路我还能做什么

国家修了很多高速路但都无法畅行

我只有通过自己选择的颠簸让我尾巴高扬

是谁将我安排来这个世界的这并不重要

重要的是马鞍的感觉，被马鬃扇打耳光的感觉

这辈子神采飞扬的感觉

世道已经迟滞成这个样子了

我再不扇自己几个耳光我这辈子还能有什么动静

吕　进：黄亚洲的诗是马背上的诗。

柯　平：鲁迅说："悲剧将人生的有价值的东西毁灭给人看，喜
　　　　剧将那无价值的撕破给人看。"此诗深得其精髓。

啊　呜：这是一首关于人生选择的诗，确切说，"我"已经选定
　　　　了一条一路狂奔的道路。如此选择，外在原因是"世
　　　　道已经迟滞成这个样子了"，而内在原因是想要这辈子
　　　　能搞出点"动静"来。或许我们可以笼统地说，"我"
　　　　就是忍不了迟缓平庸，受不住呆板沉闷，熬不过一潭
　　　　死水，"我"渴望一个远处，甚至确信"远处还有远
　　　　处"。这个信念虽然有点永远"在路上"的意味，但
　　　　更让人看到诗人血液里那种不羁的本质。

真正的羊

数到第一千只羊的时候，我就好像睡着了
于是我脱下羊皮，走出羊群
河岸风很大。我开始跟许多
过世的和还没有过世的朋友聊天
说一些太阳、风、远行和诗歌的事情

羊群就在附近吃着草
他们会叫我回去
我的那张羊皮，他们留着

一千这个数目，不算大也不算小
我每天都喜欢按着这样的节奏，走入安详
白天过于凶险，需要用牙齿对付

只有在河的对岸，我的
过世的和还没有过世的朋友，能够安慰我
鼓励我做一只

真正的羊

吕　进：喜爱安详的晚上，代表厌恶白天；喜爱对岸，代表厌
　　　　恶此岸，以及做一只温顺的羊。

柯　平：生活的本质就是由羊变成狼，因此想变回去几乎是不
　　　　可能的。

啊　呜：诗人把梦境当作一个彼岸世界来看待，以此来跟现实
　　　　世界构成对照。在现实世界的伪装，到梦境世界就可
　　　　以卸下，展现出真我。可梦境世界的朋友们并不鼓
　　　　励"我"在现实世界也脱掉羊皮，而是"鼓励我做一
　　　　只／真正的羊"。这大概就是泰戈尔所谓"世界以痛
　　　　吻我，要我报之以歌"吧。以诚实的善意，温柔地对
　　　　待现实，包容现实，这是至高意义上的博大襟怀。

寻 仇

估计，时间躲在水的深处
若是我苦苦思索大海的浩瀚，或是
像孔夫子盯着东行河流那样的
想不开

当然是，时间怕我追寻
怕我的痴

也有可能，时间躲在火的深处
若我总是盯着高举火把的夸父
盯着他疯狂的脚印发呆

时间很怕我的发狠
怕我咬牙切齿

时间一贯声称对天下每位都公平，却独怕我复仇
她把那些用秒针数过的细细缕缕，都慌忙

藏入翅膀底下

她知道我眼毒

我为什么要提剑四寻，要让

这个小贱人，独独嫁我？

我自己也想不明白此中道理

我就要这个小娘们

献出一切

包括她所有的私房钱

我要她红袖添香，我要她为我挂吊瓶

孔夫子再痴也只站在岸上

我敢跳入水中，为寻见她，我愿倾

一生精血

或者，冲进火里

我属牛，自有牛魔之力，但若变成火中的凤凰

当也无妨

吕　进：抛弃时间的人，时间也抛弃他。珍爱时间的人，时间
也珍爱他。诗人是在寻仇还是寻爱？

柯　平：又能红袖添香又能挂吊瓶的女人，应该是好女人。

啊　呜：这个"寻仇"的方式有点特别：恨她，所以要娶她？
其实一切说辞都是表象，诗人不过是要把时间紧紧地
攥在手里，但这如何做到呢？孔夫子站在河岸边感叹：
"逝者如斯夫，不舍昼夜。"诗人却是咬牙切齿，要跳
进时间的洪流，做一番搏斗。这种争分夺秒的人生态
度，当是值得肯定的正能量。

规　劝

不要有压力，兄弟，我从来不是你梦里的经典

也不是你头顶的悬棺，我对你

只是一句规劝

风就经常规劝芦苇，在黄昏时分

把刀插回刀鞘，兄弟

对你，我只是一句规劝

在这个黄昏，我非得劝你一句

这世上，有些寒光，并不照亮黑夜

你看河边的芦苇就非常和平，尽管它们

个个举刀

知道你是条汉子，且报仇心切

但是灯塔还没有旋转，黑白

尚未被斧头劈开

现在只是黄昏，因此，你砍将过去是不对的

你看芦苇个个有刀，但它们从不

互相残杀

你父亲就是在另一个黄昏，不明不白倒下的
看来你也危险
你虽然个头高大，但分量不重，就如芦苇
所以你要听听风的规劝，不要
轻易离开大家，独自出发，这黄昏
不是上路的时辰

吕　进：“芦苇”的意象是欣赏此诗的关键。

柯　平：知道此诗主题与金庸小说无关，还是禁不住联想。

啊　呜：法国哲学家帕斯卡尔的两句话大概可以拿来作为解释
　　　　这首诗的切入口。一是“人是一根能思想的苇草”，因
　　　　此，我们是有别于苇草的，苇草尚且“从不／互相残
　　　　杀”，更何况人呢？二是“我们全部的尊严就在于思
　　　　想”，因此，“我”规劝道：“黑白／尚未被斧头劈开”。
　　　　冲动的砍杀是有悖于尊严的事，更不要说“你父亲就
　　　　是在另一个黄昏，不明不白倒下的”，前车之鉴，后事
　　　　之师。

我要放下屠刀

阳光用他金黄的指甲，噗噗敲窗之时

难道，我能拒绝惊起

煮一壶龙井，把窗框当作画稿？

用一连串咳嗽，摸索床下鞋子

与生命的约会，不再希望迟到

要看风儿调皮，擀面一样擀着对面山坡

看鸟群溅起，这一撮湿面粉

如何溅上云彩的裙袄

还要看阳光风骚，拈花惹草

把春调戏到夏，把夏调戏到老

看蟋蟀闭眼，蝌蚪蛙跳

看初试云雨的太阳，一直红着脸走到墙角

是时候了，需要关闭电视，掐灭电脑

需要阅读山坡，阅读树叶的蝇头小楷，那是

一些红色与绿色的撇撇捺捺

那是一座山怀孕的布告

需要关闭有关杀戮与死亡的文字

不再用键盘磨刀

成人的战争太累，不去理睬恋栈的皇上那种祷告

与自己的童年约会，不再希望迟到

键盘上，我已经扣动了太多的扳机

是时候了，我要放下屠刀

吕　进：想起宋代黄庭坚的《牧童》："骑牛远远过前村，吹笛
　　　　风斜隔垄闻。多少长安名利客，机关用尽不如君。"

柯　平："看风儿调皮，擀面一样擀着对面山坡"，此语新奇，
　　　　未见前人道及。

啊　呜：古人用简牍，刀、笔不可缺一，以笔写字，以刀削删，
　　　　后便称文职官员为"刀笔吏"。宋元以后，"刀笔吏"
　　　　多指讼师，这是讲其用笔如刀，可以将案件情势扭转。
　　　　诗人在此称手中文笔为屠刀，大约是借"刀笔吏"之

说以自嘲和自警了。而"放下屠刀"四字后面，本是
"立地成佛"，但诗人以亲近山水、回归自然的姿态，
展示了一幅陶渊明式的归隐风光图。

三尺三不够

这值得赞许，你的眉毛和胡子比你的心首先到达冬天

你的心仍然在夏末与初秋，你的风筝

还在爬高并且籁籁作响

我一走近你就有被熏风拉紧的感觉

你自己也被自己的热情吓坏了吧

你的一颗门牙，就是上个月被你滚烫的语言融化的

不要点燃我的耳朵，我是指你的嗓音

你拥有蝉的声嘶力竭与蛙的撼天动地

从来，你就与气候不共戴天

而我，刚从惊蛰中醒来，心智尚未发育整齐

我是被温度打倒过的

当然，若宿命如此，也可以让我言败

任由缺了门牙的夏日把我卷走

可是，一只高空的风筝，真能将我拉离地面吗？

我是被温度打倒过的

冷空气一直存活于问题的体内，这我心里有数

蛙鼓再努力，也难以敲破答案

就让我活在我自己的表面吧，而你

也要小心，不要用鼓槌碰我的心

一旦冬天破茧，后果就是同归于尽

三尺三不够，你最好再离我远点儿

尽管

你是我的灵魂

吕　进：“我是被温度打倒过的”，这是诗眼。戒备、反感、智
　　　　慧由此而生。

柯　平：结尾总能出人意料。

啊　呜：对抗衰老是一件艰难、痛苦又无奈的事。有的人，人已
　　　　老心却年轻；有的人，未老先衰。“我”意识到衰老这
　　　　个问题的时候，就是开始对抗的时候。但生死何曾按
　　　　“我”的意志行动？因此，“我”只能让保存了“夏末与
　　　　初秋”的“热情”的灵魂远离“我”，以求其长存不灭。

忽　悠

书柜里一架一架的书，是永远不看的
高价买的住房，它不由分说，是占着我的一大块劳动所得的
它不脸红，它代表的是精神

送人吧，太大的精神世界，我已经
走不转了
可是，来人几十本几十本带走的那一刻
心是痛的

怎么就这么折磨人呢，你们
书脊上并排坐着的大作家、哲学家、史学家、忽悠家啊

怎么就这么折磨人呢
我少年的梦想、我青年的志向啊

怎么就这么折磨人呢
我的钓竿、麻将、龙井里的一壶海吹胡吹啊

怎么就这么折磨人呢

我的手杖、CT诊断片、刚从珠穆朗玛峰走下来的血压啊

送人吧，赶紧来拿吧

让朋友们的自行车、电动车、小汽车冲进我的小区吧

可是，我的刚刚装了支架的心口，怎么就

这么痛呢

门边掉落了一本书，我赶紧给捡了回来

赶紧，用手拍拍一位哲学家的肩膀

今夜，你就从麻将桌和血压计旁边把我领开吧

我要戴上花镜，再一次跟你走

我还是不能自拔，人生最大的幸福，就是

被思想忽悠

吕　进：一生失落之事，一首成功之诗。

柯　平：袁枚说："无情何必生斯世？有好都能累此身。"不幸
　　　　而为文人，宿命如此，只能认了。

啊　呜：袁枚说："书非借不能读也。"但爱书人就是乐意往自

己家里装书，哪怕一本都不读。偶尔想读了，随手便能取来，接受思想的熏陶。诗人把这熏陶称为"被思想忽悠"，固然是逗趣的说法，但这里又隐含着一层自嘲、反击的意思。读书何用？尤其是文学、哲学之类书籍，于讲究实用的今天，实在是太过缥缈的空中楼阁，因此诗人自嘲被"忽悠"。但这件事又是"人生最大的幸福"，是为"无用之用"。毕竟所谓"幸福"，是精神上的满足，而非实用之物所能给予的。

谦　卑

尽可能把脸庞埋低

我是一穗谦卑的谷子，低头是我的本分

风递氧气给我，太阳捎温度给我

土地让一条黑暗中的河流抚摸我的十只脚趾

我要谦卑，这是必须的

神安排了这一切，这种完美叫我感激涕零

然后我就等待着被砍头，被磨成粉

移师另一种生物的胃部

这也是必需的

我向命运谦卑地埋下脸庞，等待

镰刀与足音的临近

我当然知道这也是神的安排

至少是默许

我在大自然的恩宠下再度成为大自然

我是别人眼里命定的卑微

我一生唯一的光亮，是镰刀刹那间的一闪

或许，我也可以有一次脆弱的抗争

我会采取我谦卑的办法，会向好心的甲虫

借一点毒素

然后，吞服于镰刀逼近的那一刻

至少，可以让我以外的世界，拉一次肚子

让大自然的循环打一个寒战

如果我坚持这样不守规矩，相信那也是神的安排

至少是默许

我是一穗谦卑的谷子

秋风应当知道，我把脑袋埋下去的时候

里面的思想，癫狂到什么程度

吕　进：谦卑地往低处流的水，其实最强大。沉默是弱者最后的尊严。

柯　平："我一生唯一的光亮，是镰刀刹那间的一闪"，哀哉斯言。

啊　鸣：一低头的谦卑还是一低头的癫狂？谦卑掩盖之下的思想难以为人所知。古人讲"不欺暗室"是君子的品性，同样道理，一低头的心思往何处去，也是检验自我心性的一条标准。

你们要挺住啊

你们要对生活抱有希望

你们不要想不开啊

我对柱子说

我对门说

没有人来，我就对房间里的柜子说

生活是美好的

你们要挺住啊

我对光线说

对光线里的灰尘说

柴米油盐都是有趣的

你们要好好生活啊

没有人来，我就对门外的汽车声音说

没有人来

我就对床下的两只鞋子说

尽管，我还没有力气，踩上它们

吕　进：想起李太白的《独坐敬亭山》："众鸟高飞尽，孤云独
　　　　去闲。相看两不厌，只有敬亭山。"

柯　平：此是太极功夫。

啊　呜：诗中"我"的所有喊话，当然都是对自己说的，但这
　　　　种向一切外在事物喊话的方式，更显出"我"的无助。
　　　　这里的"我"必然潜在地希望得到"柱子""门""柜
　　　　子""光线""灰尘""汽车声音""鞋子"的回应，然
　　　　而，它们是沉默的。"我"本知道这一点，但"我"仍
　　　　然向它们喊话了，显然是因为"我"找不到别的喊话
　　　　的对象。这种无助中的自我鼓励让人心生怜悯，感慨
　　　　动容。

陀　螺

刚转身，就碰上了幸福

刚幸福了，又想转身

看出来了吧，我是个陀螺

命定挨鞭子

该的

吕　进：不即不离，又即又离。似而不似，不似而似。是陀螺，
　　　　非陀螺；非陀螺，是陀螺。"该的"，是诗人对这种陀
　　　　螺的诗意裁判。

柯　平：对现存游戏规则进行质疑，可见诗人之襟怀。

啊　鸣：这首精巧的小诗，带有讽喻劝诫的味道。诗人借陀螺
　　　　旋转的形象对应身在福中不知福的人生，又以"陀螺"
　　　　的自省，表达劝诫的目的。值得注意的是，陀螺注定要
　　　　被抽打，不然不能称为陀螺；那么人生是否也注定要
　　　　一次次错失幸福，否则无法体现其悲剧性的本质呢？

为了给忏悔一次机会

为了给忏悔一次机会
我会趁夜，走近欲望的水潭，窃一罐水

用来解渴，还用来洗眼、洗脸
最后，迎头冲淋

我会给一次忏悔做好铺垫
用红尘洗澡
让自私、低俗与猥琐，泛出很多泡泡

忏悔，一件多么有正能量的事情
忏悔能拉直人生的"之"字形
为保持忏悔的美誉度，我愿意行窃与撒谎

长长一生，谁不潸然泪下痛哭流涕几次
与欲望难分难解，才是完整的人

作为窃儿，我甚至觉得自己高尚

就如泰戈尔笔下那位头顶瓦罐的汲水姑娘

每次走向水潭，步姿从容且优雅

吕　进：“从容且优雅”的忏悔，“拉直人生的‘之’字形”。诗
　　　　人落墨在“用红尘洗澡”，这样的诗篇比较少见。

柯　平：此诗稍有点隔，但立意深刻，能言他人之未言。

啊　呜：这首颇为幽默的讽刺诗刻画了一个为了忏悔而放纵的
　　　　人物形象。最妙的是倒数第二节，以所谓“完整”来
　　　　进一步替私欲泛滥“正名”。正是这样看似义正词严、
　　　　毫无破绽的理由，让“我”达成了欺人以自欺的效果，
　　　　竟觉得自己“高尚”又“优雅”，可谓荒谬至极了。

切割与打磨

在金属的声音里我尽量闭眼

金属的声音里有齿轮，有铣刀，有汽油的披头散发

我尽量蜷拢身子

不多久，我也会以切割的姿态下沉，切入另一种事物

我睁眼的时候，那种事物必已候在机舱外面

我要立即与之握手，或与之拥抱

螺纹与螺纹咬合

我要绕过一堆鲜花去致辞，致辞限于三分钟

你可以在事物的内部看见自由、柳絮、节奏

听陌生的风为你朗诵熟悉的人生

也可以看见砂轮、砧板、卡钳，看见你命定的全部图标

这一切，皆由心境决定

譬如一只鸟，它并无黑白分明的价值观

它只有感觉

它基本的感觉是，飞行目的地那群嗷嗷待哺的尖嘴

有时，也能感觉枪弹与自己的血

我尽量蜷拢身子，保持镇静，听任金属切割

然后步出机舱，一堆鲜花在尖利的金属口子上，等着我

我认识自己。我本来就是一个零件

外表光滑，内径粗糙，尚待打磨

吕　进：《易经》说："意者，象也。"清刘熙载《艺概》说：
　　　　"山之精神写不出，以烟霞写之；春之精神写不出，以
　　　　草树写之。""意"通过"象"而获得有形，通过"象"
　　　　而获得尽意。此诗之"象"惟妙惟肖。

柯　平：如果是锥形零件，则越打磨越坚锐。

啊　鸣：这首诗用一件要被切割打磨的零件作为人生的隐喻。
　　　　人生工序的相同并不代表结果的一致，就像诗中所说，
　　　　你"看见自由、柳絮、节奏"，还是"砂轮、砧板、卡
　　　　钳"，"皆由心境决定"。或者说，最关键的，是"我"
　　　　怎样"认识自己"，怎样面对"打磨"。

那一场倾斜的寒冷

总会想起那场鹅毛大雪的倾斜，想起那场邪风

那一年真的看见，对面那群山全体披上白袍

斜起身躯，紧急逃跑

后来我一直把那种逃跑视为冲锋，认定

倾斜的脊梁最能承重

那一年天空死了，满天的毛

由于那一场雪，那一场风

那一场倾斜的寒冷，我也顺势成了冲锋的士兵，无论

我歪斜的模样，是否类似逃跑

我穿上了雪白的伪装服，捂紧全部的绿叶与干柴

我不敢告诉人，天空没有最后断气

我的绿叶里，藏有花的种子

吕　进：黄亚洲常常把诗情藏在诗尾。此诗的诗尾，让人燃起
　　　　再从头读一遍的兴趣。

柯　平：以自省为主题的作品，在诗集里占了不少篇幅，其言
　　　　也善，其意也殷，非一般人所能做到。

啊　呜："邪风"压迫之下，"倾斜"了的身子是"逃跑"的姿
　　　　态，还是"冲锋"的姿态？激进和保守的人各有说法。
　　　　但不管怎样，"倾斜的脊梁最能承重"，而这样的忍辱
　　　　负重才保全了"花的种子"。整首诗用象征的写法，
　　　　但可不必追索具体的指称影射，光是如前所述的字面
　　　　意思就已经足够咀嚼再三。

琥珀颜色

我死在哪一年，不重要

重要的是

我的眼泪，这一滴出土的琥珀，已经包容了一切

考古者用镊子举起琥珀，他们很是仔细

他们在阳光的帮助下逐一看清楚了下列词汇

知青、"文革"、"批邓"、改革、恢复高考、稳定压倒一切

这世界多么令人费解

以泪水包容一切，其实这不地道

但是眼泪以外的方式，对我而言不甚适用

面对电闪雷鸣，我是一个优柔寡断的人

虽说，牛是我的生肖，O 是我的血型

狮子是我君临天下的星座

以上这些矛盾的信息，都不为考古者所知

我用自己的时代宽恕了一个时代

我的大度令人发指

交给后人的是一份空白答卷我竟然羞惭很少

但是，考古者依旧能辨析出里面完整的文字：

知青、"文革"、"批邓"、改革、恢复高考、稳定压倒一切

我死在哪一年不重要

比较重要的是我这个标本

后人发现，那个年代人性的弱点是琥珀颜色

我在历史里示众，结构黏稠

琥珀像包裹着一粒昆虫一样，包裹着下列词汇：

麻木、怯懦、回避、忍受、谄媚、盲从、见风就是雨

这世界多么令人费解。这死亡多时的世界

或许

只能以眼泪的形式存在

吕　进：死亡。一个考古学家难以理解的死亡的人，一个考古
　　　　学家难以理解的死亡多时的世界。

柯　平：钱谦益云："古之为诗者，必有深情蓄积于内，奇遇薄射于外，轮囷结轖，朦胧萌析。如所谓惊澜奔湍，郁闭而不得流；长鲸苍虬，偃蹇而不得伸；浑金璞玉，泥沙掩匿而不得用；明星皓月，阴云蔽蒙而不得出。于是乎不能不发之为诗，而其诗亦不得不工。"（《虞山诗约序》，见《初学集》卷三十二）

啊　呜：这首诗的时间模式让我想到马尔克斯《百年孤独》的开头："多年以后，面对行刑队，奥雷里亚诺·布恩迪亚上校将会回想起父亲带他去见识冰块的那个遥远的下午。"即从未来回顾过去，以此对一个时代以及这个时代中的自我进行观察。观察的结果在诗篇开始就摆出来了——"眼泪"，而且"我"还要"以泪水包容一切"。其后，与其说诗人在对历史详加反思，不如说对自我进行严厉鞭挞，让"我在历史里示众"。所有不堪的过往都在罗列中成为蒙太奇镜头："麻木、怯懦、回避、忍受、谄媚、盲从、见风就是雨。"对此，"我"最终选择用琥珀色的眼泪来表达一切。琥珀色是一种带有浑浊感的颜色，在这首诗里，一是喻示着过往历史的浑浊感，二是喻示历史中的人在大是大非面前的糊涂，三是给自我以"浑浊"的判词。历史终究是历史，人事已非，一切的悲伤与悔恨，的确只能以沉默的眼泪来表达。

善 意

我的善意都是群居的

它们一个个争先恐后往外跳，穿着花花绿绿的纸钞的衣服

无论我走进灾区、儿童福利院，还是

走过盲人音乐家的帽子前面

它们一个个都推开我的理智，以弃我为荣

知道我经常习惯于私自享乐，不是个东西

我的善意都不穿盔甲

它们一旦受伤，往往伤得不轻

若是遇到伪装、欺瞒、无耻、陷阱

它们往往会抱头痛哭，互舔伤口

我怎么规劝都没用

我的善意都热衷于社交

它们喜欢与蜻蜓、蚂蚱、蜗牛与七星瓢虫混在一起

它们吃的都是干净的露水，并且

随时准备弃我而去

而我总是拦着它们，行为多么不堪

吕　进："善意"与"我"，一分为二，合二而一。这就是此诗
　　　　的妙处。

柯　平：诗人擅长"无中生有"，兼能自圆其说。

啊　呜：老子在《道德经》里说："上善若水，水善利万物而不
　　　　争，处众人之所恶，故几于道。"这是讲最高的善，接
　　　　近于天道。诗人写"善意"，发现的是"人道"：善意
　　　　"以弃我为荣"，"而我总是拦着它们"，但"我"仍要
　　　　把自己"不堪"的行为写下来，以示警诫或批判。可
　　　　见，人之为人的"道"在于自我的警醒和反思。

有什么好恐惧的呢

有什么好恐惧的呢
无非是天空又用闪电搜查平原，无非是
派出龙卷风，突击检视大地隐藏着什么东西

无非是一些兽吼，突然掀开树叶跳将出来，摆出
气吞河流与山脉的架势
无非是一些小小的杀气在树根底下蠕动
蚯蚓与穿山甲，一起变身
成为凶物

有什么好恐惧的呢，无非是蜜蜂的着眼点
不在花卉
他们暗藏的毒针，在你视线可及的地方巡航
无非是差遣一阵阵的风，做新一轮巡视
大风为钦差，微风作密探
野花的每一次点头和摇头，都要分析出倾向

无非是将用旧的天罗地网打上各种补丁

无非是你接过新瓶，倒出旧酒，大笑

像你父辈一样喝下去

无非是有人抚掌曰：倒也，倒也

那你不妨，就在他面前倒下

但你，不要闭上朦胧的醉眼，不要阻止

瞳仁深处，那只警觉的奔兔

 评 点

吕　进：“只因会尽人间事，惹得闲愁满肚皮。”“无非”是强者
　　　　的风度，“倒也”是强者的智慧。“千磨万击还坚韧，
　　　　任尔东西南北风。”

柯　平：接过新瓶，倒出旧酒。昔雪窦禅师有诗云：“为爱寻光
　　　　纸上钻，不能透处几多难。忽然撞着来时路，始觉平
　　　　生被眼瞒。”可为此诗注脚。

啊　呜：“无非是”三个字真是四两拨千斤的存在，一切恐怖的
　　　　事物都在这大义凛然的态度面前，在这近乎轻蔑的战
　　　　略眼光面前，显得微不足道起来，显得轻飘飘如纸老
　　　　虎起来。但这样的态度和眼光，并非丧失了“警觉”
　　　　的自负和高傲，而是大无畏和大清醒。

关于仰望星空

别再引导我仰望星空，我知道你无恶意

我只想窝在灶房里，盛一碗用柴灶烧的猪油菜饭

最好再配上鲜汁酱萝卜

最好再配上舟山醋蜇头

别让我独巡山头，我不属虎

也别让我遨游四海，我不是龙

我只是一只食草的兔，但也别老在教科书里

栽一棵树，让我撞死

春燕飞进前庭，秋天坐在后院

这有多好

我拿一柄鸡毛掸子四处掸灰

再腾出一只手，把星空交还给你

我不想说，其实我发现你的星空有多么虚假

那种星星点点，远不如这碗猪油菜饭

来得瓷实

我知道你无恶意

把你手中所有的事项，都先拿回去放好

我知道你无恶意

待我吃完饭，坐在后院打盹的时候

再借来翻翻

吕　进：仰望星空如果是迎接光亮就好了。顾城《星月的来
　　　　由》："树枝想去撕裂天空／却只戳了几个微小的窟
　　　　窿／它透出天外的光亮／人们把它叫作月亮和星星。"

柯　平：在仰望星空和吃猪油菜饭之间，或许还有第三条路可
　　　　走，就是"举首望星空，低头吃菜饭"。

啊　呜：德国古典哲学家康德有言："有两样东西，人们越是经
　　　　常持久地对之凝神思索，它们就越是使内心充满常新
　　　　而日增的惊奇与敬畏：我头上的星空和我内心中的道
　　　　德律。"然而需要仰望的事物，往往是高高在上的，诗
　　　　人就此强调了生存基础的重要性——精神追求大可放
　　　　在物质需求得到满足之后。

大雪其实是很肥沃的

春天调皮

春天调皮，她躺上花坛，鞋子就变成了蓝色

裙子变成绿色，上衣变成红色

脸上的两个小酒窝，就变成了两只

一闪一闪的蝴蝶

春天调皮，她跑进小树林，手臂就舞成了轻盈的枝条

让微风打节拍，让小鸟飞成音符

跳着跳着，就用长长的眼睫毛，睁开

一排又一排的嫩叶

春天调皮，喜欢来来回回地钻三孔桥洞

她好看的小靴子，会在河面

踩出一长串橹声

走过桥面那些花雨伞，就扎成了她的蝴蝶结

春天调皮，她还偷偷躲进我的心里不出来

还憋住声音，逗得我四处去找

最后，捂紧胸膛，才算揪住

原来她伪装成了我的小情侣，她知道

只有这样，我才不容易发现

她知道

我老不正经

 评 点

吕　进：儿童都是诗人，诗是儿童语。儿童把月牙儿看作香蕉，
　　　　　将布娃娃当作有生命的伙伴，等等，是可笑的，又是
　　　　　有诗意的。童心就是诗心。此诗的春天如此调皮，我
　　　　　们读出了诗人的童心。

柯　平：儿童口吻，哲人思索。

啊　呜：诗人自嘲"老不正经"，恰是说明自己童心不老，所以
　　　　　看什么都能看出童趣来。

关于春天的邀约

就因为我没有来，那么多的花都在忧郁
她们一再推开蜜蜂
就因为我没有来，连卵石都在挡住小溪的去路

开头，我总是犹豫，要不要去
要不要继续让她们伤心

春天的邀请函搁在城市的抽屉里，已有数天
我痛风。骨关节里，残雪尚未融化

因为我去，她们就活了
花骨朵、柳芽、蝌蚪、载有桃花瓣的溪水，就会
整整齐齐排列到一本诗集里

每年我都有这样一本新的花名册
整整齐齐的每一页，都由燕子的尾巴来裁剪
无论打开还是合拢，蜜蜂

都嗡嗡嗡绕着

不过，她们是真的没看见，我对着春天彩虹纵情歌唱之时
苍老的身躯，也是像虹一样弯曲的吗？

诗人是好男人啊，最明白奉承与跟风
所以春天的忧郁每一回都不会太久，我的歌喉里
有十只黄鹂与十只百灵
她们哪里知道，残雪裹挟着我的年龄，在我的骨关节里
一直拒绝融化

连蜜蜂，也没有一只能懂我，不肯
前来针灸

我总是把自己打扮成春天的一部分
她们也总是装作不看见，世界就是这样成为诗集的

吕　进："公道世间唯白发，贵人头上不曾饶"（杜牧）；"白发
　　　　不能容相国，也同闲客满头生"（滕倪）。诗人也躲不

过华发，甚至"多情应笑我，早生华发"（苏轼），所以黄亚洲的诗里一再出现对年老的感叹，以及对守住生命春天的向往，人之常情啊！

柯　平：诗人总是从别人想不到的角度入手，"空手套白狼"或向无佛处见佛。结尾稍显牵强。

啊　呜：春天若少了诗人，是不完整的。所以诗人就算"骨关节里，残雪尚未融化"，也要让"歌喉里"的那"十只黄鹂与十只百灵"尽情歌唱。然而，诗人歌唱春天的时候，春天并不会去融化诗人关节里的残雪。美好春天的背后，是诗人不被理解的孤独（"连蜜蜂，也没有一只能懂我"），痛风与年龄带来的对时光匆匆的哀伤，最后都归于积雪不化的冷意之中，而这，"成为诗集"。这也是一种"含泪的微笑"。

小芽苞，你还等待什么呢

小芽苞，你还等待什么呢

阳光已经那么暖和了，天又这么蓝

改邪归正的风这么耐心，一遍又一遍抚摸你

尖牙利嘴的甲虫们都还没有醒来

你还等待什么呢

小芽苞，你缩在枝头的顶端，脸埋得这么深，连小脖子

都不露出一点点

小芽苞你担心得我心都碎了

善良的人总是提心吊胆

可是这个小山坡，人迹稀罕

脚下还有小溪和小溪里的蝌蚪

挺温暖的呢

小芽苞，如果你连我的目光都害怕

那我可以马上转身下山，我只委托

耐心的风抚摸你，他刚从冬天的监狱释放

已经保证不做坏事，并且，也补办了春天的身份证

小芽苞，你既然没有别的枝头可以栖身，那就咬咬牙

开放一次吧

或许，会有一只比较负责任的蜜蜂，帮你

熬到秋天

吕　进：想起南宋杨万里的"小荷才露尖尖角"。荷叶刚从水面
　　　　露出一个尖尖角，展示初夏风采；而芽苞刚在枝头露
　　　　出点点绿色，展示早春景色。诗人岂止在写景？我们
　　　　不难读懂他笔下的"早春"具有的象征义啊！

柯　平：读了此诗，我也想补办春天的身份证。

啊　鸣：这是一首充满童趣的作品。春天到了，诗人以孩童的
　　　　口吻，催促枝头的芽苞生长。第一节强调天气的和暖；
　　　　第二节描写芽苞的样貌；第三节勾勒周围环境；第四
　　　　节最有意趣，写"我"担心小芽苞怕"我"，愿意自己
　　　　离开，而把照顾它的任务委托给改邪归正的风；最后
　　　　一节再次催促，照应开头。整体以单方面的轻柔倾诉
　　　　为表达形式，塑造了一个天真单纯的孩童形象。

佛庵一座

一座薄薄的佛庵，书签一样，夹在
群峰之中

怕有些人的命运，到了这个地步，还不得舒展
他要做个样子，类似图腾

进庵求签，得中上
一个衰老女人，用年轻菩萨的声音对我说
知足吧，客官

她的苍凉的声音流出峡谷
成为山溪
溪流下面的卵石，皆已剃度

这些石头像我一样，曾经大喊大叫
头发间，都是火山灰

吕　进："因定三生果未知，繁华浮影愧成诗。无端坠入红尘梦，惹却三千烦恼丝。"

柯　平：新诗潮四十年，意象是主打品牌，想要写出新鲜感来相当不易，此诗所以为佳也。结句尤为惊警。

啊　呜：复旦大学哲学教授王德峰有一句很有争议的话："一个人到了四十岁还不相信有命，此人悟性太差。"那么"求签"是信命吗？不完全是。诗人说，怕有些人的命运不得舒展。所以求签是借力，借神佛的力让不信的人低头。"大喊大叫"的时期已经过去，像"溪流下面的卵石"一样"剃度"大约是人到一定年纪之后的规范化选择。诗人没有告诉我们，诗中那个得了"中上"签的"我"最终是什么姿态，但不管怎样，"头发间"的"火山灰"想必已经冰凉。

够了，江南三月，江南四月

三月江南，四月江南，植物集体疯了
脸色通红的风驮着上百条彩虹
凡树木，见着就扔去半条

阳光一点火
大地，整片地烧

我的人啊，你又在哪里
我追着彩虹跑，半脸红，半脸紫
真不怨我，所有的全疯了

柳枝四面八方转圈，马鞭一样打我
我怎么就没有了方向？

我知道我与植物不相通
我没有花蕊，只有泪腺
连蜜蜂，都不愿做我的红娘

就看这世界空空烧着，我却无米下锅

谁定的日历啊，一年里偏要有三月

要有四月？

甚至

趁我喘气，飞过的蜜蜂还来亮一亮尾针

对我说，装模作样的，你够了

评点

吕　进：下一"疯"字，春景全出。诗是无形画，画是有形诗。
　　　　诗是无声乐，乐是有声诗。

柯　平：此诗亦不易懂。想起艾略特说的非个人化处理，大意
　　　　谓作家个人的情感经验，在通过写作形成文本的过程
　　　　中，最好要经过非个人化的处理，将私人情绪尽可能
　　　　转变为宇宙性、艺术性情绪。作品的意义在于读者的
　　　　体味和领悟，如果其中含有某种因随意性太强而让人
　　　　捉摸不定的东西，在不同读者那里就会有不同的理解
　　　　甚至误解。

啊　呜：草长莺飞的季节，春心荡漾的时光，倒还真不是"装
　　　　模作样"，看到万物勃发、姹紫嫣红的明丽风光，如何
　　　　让人压抑内心的冲动，做到凝神静气、心怀不乱呢？
　　　　诗人直言"植物集体疯了"，在满世界的疯子中间，

"我"若不疯，那"我"定然觉得自己才是那个不正常的。可不同于那些花花草草，它们可以招蜂引蝶为媒，"我"却四寻无果，便忍不住抱怨，为什么要有这让人烦恼的季节，为什么要有这三月、四月天，甚至当惯了红娘的蜜蜂，都过来"亮一亮尾针"，对孤单的"我"落井下石。

那些能够感到颠簸的人

那些把自己的生命放在别人箱子里的人

那些能够感到颠簸的人

那些幸福得哼哼的人

那些夏天不感到太热冬天不感到太冷的人

那些也能隐约闻到花香也能听见秋虫低鸣的人

那些对别人的肩膀疼痛感觉迟钝的人

那些总是把白天当作黑夜精于编织梦境的人

那些总是听见自己的心跳有很大回音的人

那些善于撒娇也善于患难与共的人

那些不太明白一条最终的鸿沟已经横亘于前的人

那些有点清醒

而终归无奈的人

那些

早就知道箱子是棺材的人

吕　进：诗的概括力真是太强了，此诗就是证明。

柯　平：有点清醒，终归无奈，是为古今文人写照。

啊　呜：在民间，棺材是一个奇特的东西：人死入殓，需要棺
　　　　材；送人棺材，则是祝人升官发财。于是一个事物有
　　　　了两种含义。而诗人则把两种含义联系到了一起，"那
　　　　些把自己的生命放在别人箱子里的人"，其实也是"早
　　　　就知道箱子是棺材的人"。

清风让你的姓名枝叶摆动

花茎上有刺，不要去碰，这你懂的

站远了闻一闻就是

你赏花的本意就是不干预任何人的私生活

清风是你的生肖，且很微弱

花瓣爬过臭虫，你要视而不见

不然喷你个屁，叫你手指腥臭半天

看见马蜂更要走远，避免你的尖嘴猴腮刹那间天庭饱满

这样你就会说这个世界多么完美无缺

世界也称赞你是个贤人

你死了以后会享用很多纸花。那些花

花茎上都没有刺，花瓣上也不会有任何臭虫爬过

清风让你的姓名枝叶摆动

你就是一只臭虫！

吕　进：愤怒出诗人。

柯　平：尚未体悟其妙处。

啊　呜：面对尖刺不碰，遇到臭虫不见，看见马蜂避开走远，
　　　　这样的人生似乎就安稳了，一切因为不涉及而无污染，
　　　　无伤害，无损失。但袖手旁观、冷漠以对是这种人生
　　　　的另一种称呼。因此，诗人直言这样的人"就是一只
　　　　臭虫"，直抒胸臆，一针见血。

海 钓

在坐得一动不动之前，我把钓钩装上饵料
我很从容，把一条海岸线
甩了出去

我就这样提着大海
提着一条我拉不动的鲸鱼
我坐得一动不动，我的耐受力是礁石给的

我甚至会坐到第二天的黎明
直至，把鲸鱼换成太阳

我的命运从海中冉冉升起
我早就说过，我的人生是金光闪闪的，尽管
谁也不咬我的钩

吕　进：黑格尔说，诗是"走弯路"的艺术，说"废话"的艺术。此诗无非在说诗人的一次没有收获的海钓，他说着废话，走着弯路，而诗味正是从"废话"与"弯路"中产生的。读者会领悟到，诗的形式就是诗的内容，想读故事，就别找诗人黄亚洲，去找编剧黄亚洲吧。

柯　平：垂钓在古代是个隐喻，在今天亦然。

啊　呜：垂钓自古是隐者之事，多的是钓鱼，偶有如姜太公是钓人，而诗人钓出了"金光闪闪的"人生，是为垂钓的新境界。

出海，看渔网捕捞

渔网知道自己并不是在搓洗大海

不是在把鱼和杂物带走，渔网知道

大海并不领情

渔网在海中，每天忍辱负重

渔网挽上黄鱼、墨鱼、海蟹、塑料瓶子

渔网让一些姓氏断子绝孙

实际上，这一切都不是渔网干的

我知道是谁

船尾的绞盘机一直嘎嘎作响

渔网拉长又缩短

站在我身旁的胡警官泪光盈盈，他说，其实

我们是无辜的

渔网被拖上甲板的时候

胡警官指着一个塑料瓶子说，我们也做过好事

我一直默默看着大海，体会

大海被剖腹掏心的感受

吕　进：世界流行生态诗。诗是诗人之言。从源头看，诗就与
　　　　生态息息相关，中国古代留下的大量山水田园诗，就
　　　　是现代生态诗的早行人。生态意识的觉醒，生态审美
　　　　的形成，都是现代生态诗的催生者。在这首诗里，自
　　　　然和人都是诗的表现主体，被"剖腹掏心"的既是大
　　　　海，也是诗人。

柯　平：我不认识胡警官，也知道是谁干的。

啊　呜：诗人在这首诗中的用词似有用力过度的嫌疑，但这正
　　　　是其痛心疾首的真实表达。孟子早就说过"数罟不入
　　　　洿池"，但后人捕猎却往往是"断子绝孙"式的狠辣做
　　　　法，更不要说捕猎之余，还有垃圾倾倒带来污染的问
　　　　题。当代动物解放运动领袖彼得·辛格说："我们并不
　　　　需要'爱'动物。我们所要的只是希望人类把动物视
　　　　为独立于人之外的有情生命看待。"这样，我们面对大
　　　　海这个生命源起之所，才不至于"体会／大海被剖腹
　　　　掏心的感受"。

仓央嘉措的那滴眼泪

在一滴眼泪中闭关。庆幸世间，尚有一幅
晶莹剔透的图画
看上去，这应该是一尾鱼
一粒虾
一朵淹没的荷花

仓央嘉措，你本人就是一滴泪
闭关的，是你额间的那粒朱砂
贝叶漏出的一句经文
是一袭不合身的袈裟，是拉萨八廓街上
那座著名黄房子里，一朵惊世骇俗的吻
是天下无解的密码

闭关，只在
一滴眼泪
无根无助，无边无涯
是悲伤里的自慰，风里的沙

是羊水般的温暖，缠紧脖子的生母的脐带

一经提起，我终生无话

是一滴真正的眼泪

是盘古尚未降生的时代，是

无可逃避的国家

吕　进：读仓央嘉措的人不少，写仓央嘉措的诗人不多。仓央
　　　　嘉措就是一滴泪，最好不相知，如此便可不相思。

柯　平："闭关的，是你额间的那粒朱砂"，此句妙绝。

啊　呜：网上流传着一首名为《若能在一滴眼泪中闭关》的诗，
　　　　据传是仓央嘉措的作品。诗人大概就是据此而创作了
　　　　这首《仓央嘉措的那滴眼泪》。要理解这首诗，必须
　　　　了解仓央嘉措的人生经历。长久以来，仓央嘉措被人
　　　　们看作"不负如来不负卿"的深情形象的代表，但这
　　　　两不负的浪漫形象背后，其实是仓央嘉措短暂而不自
　　　　由的现实人生。正如诗人所说，仓央嘉措"本人就是
　　　　一滴泪"，"一滴真正的眼泪"。

大雪其实是很肥沃的

大雪其实是很肥沃的，雪里
长出了树、电杆与房子
还长出一个个小孩，光屁股，从早到晚
在雪的乳房上打滚

大雪其实是很肥沃的，甚至还能分娩
一个太阳
顺便，把自己的皮肤，换成金黄颜色

只是，大雪分娩的时候会有伤口
伤口的另一个名称，叫作河流
寒风很热心，不断帮着伤口弥合
让伤口平滑发亮

大雪其实是很肥沃的
现在回忆起来，我也是被分娩的一个
大雪不是苦难，是肥沃

只有

自小在雪的乳房上打滚的，才能长成

鼻青脸肿的英雄

为此，我一直庆幸

国家多难，母乳养育

吕　进："大雪"是隐喻。多难兴邦，自古英雄多"鼻青脸肿"。

柯　平：语意俱新，托兴深远。

啊　呜：说从大雪里长出了什么，其实就是说从苦难里长出了
　　　　什么；说大雪分娩出什么，其实就是说苦难分娩出什
　　　　么。那么大雪有多肥沃，就意味着苦难有多深重。我
　　　　们的民族和国家，几千年了，有多少"鼻青脸肿的英
　　　　雄"就有多少苦难浩浩汤汤。但"我"仍然"庆幸"，
　　　　因为民族前进的历史不正是靠着一次次战胜苦难来书
　　　　写的吗？

在清明不用考虑生死

烟雾是最好的动迁令

全山的鸟儿已一边咳嗽一边迁居他乡过渡

它们知道躲开几天，即可回迁

不用在这一天考虑生死，无数先贤早已考虑完毕

我们只须按章办事：焚香、鞠躬、拜祭、烧纸、洒酒

千年仪规，照做就是

这种事情不用动脑，动脑太累

不用考虑任何哲学问题，照做就是

连小鸟都给你让出位置了，你还不知感恩？

把舌头磨细，发出小鸟一样悦耳的声音

告诉自己，今天这座山就你一只鸟

这座山，是大好河山里最有分量的一座

再拈一炷香，再倒半杯酒

告诉自己，在烟雾里坚持不咳嗽，学会三鞠躬，就是

看家本事

吕　进：“帝里重清明，人心自愁思。”（孟浩然）

柯　平：王国维说，写诗比的就是"人人眼中所有，人人心中
所无"的本事，斯言是哉。

啊　呜：清明节本来最容易让人想到阴阳两隔的生死问题，但
诗人说"不用考虑生死"，甚至"不用考虑任何哲学问
题"。原因无他，只是因为这一天我们最需要做的是
怀念。自古延续下来的一套祭奠的仪式，正是表达追
思之意的基本流程；清明这一天，也正是因为这样的
仪式而显得庄肃。整首诗带有教育规劝的口气，大约
是对今天人们忙于工作生活而越来越简化仪式的行为
的一种反拨。

又到了灶神爷上天奏事的这一日

不要贬低那个有着大铁锅的灰暗的灶头，那个

灶墙上，守着一家的灶神爷

生活再无足轻重，也须有

一个小小的饱嗝支撑

注意，又到了灶神爷上天奏事的这一日

即使把这根耿直的烟囱，形容成

我们民族的脊梁，亦无大错

炊烟便是骨髓

几千年了，上苍凭此理解中国

打着铁补丁的乌黑的大锅，一直煮着

合家几十代的泪花

加点辣椒，某种火热的梦

让生活，瞧上去好看

可以说，几千年的律令、条文

都是这口大锅煮熟的

多少圣旨与著作，成为点火纸

经常焦糊，经常忘了添水

那一刻，灶膛里就出现兵火

铁补丁就是这么来的

又到了灶神爷上天奏事的这一日

哪怕不开口，上天也知道他要说些什么

所有的祈求都不会离开一个"饱"字

中国的谜底，不藏别处，就藏于齿缝

不要贬低这个灰暗的灶头

把油腻腻的锅盖掀开

全部的哲学、美学、儒释道，都煮熟了

让灶神爷先尝一口

他上天奏事的这一日，性命攸关

真没有别的奢求

下面不见兵火，中间是铁硬的补丁

上面有回肠荡气的饱嗝，如此

我们民族的脊梁，就直了

吕　进：几千年了，靠"一个小小的饱嗝支撑"的中国啊！

柯　平：这口锅好厉害，跟柏杨的酱缸有一比。

啊　呜：古语有云："民以食为天。"我们的国家几千年来最关
　　　　注的问题便是温饱问题，饥荒之年自不必说，太平盛
　　　　世也强调"仓廪实而知礼节，衣食足而知荣辱"。所
　　　　以诗人讲包括儒释道在内的所有哲学、美学都在这口
　　　　锅里，虽然有艺术的夸张，却不乏事实的根据：且不
　　　　说注重现实的儒家，即使逍遥如道家的庄子，也还
　　　　是向往"鼓腹而游"的生存状态；老子就说得更明白
　　　　了——"是以圣人之治，虚其心，实其腹"。

　　　　形式上，这首诗的妙处在于借灶神爷上天奏事的民间
　　　　神话来表达题旨。灶神爷是中国民间信仰中最贴近生
　　　　存实际的神灵，灶神爷身上体现出既是精神信仰，又
　　　　是物质需求的双重形态，而这与诗人对中国艺术与哲
　　　　学的理解几乎是同构的。

回　声

礁石从来就不认为自己的声音是单调的

它有时候哗哗哗，有时候轰轰轰

有时候嗡嗡嗡

礁石从来就不认为风是弹奏者

风只能推动小块的乌云

经常连海鸥都推不动

礁石只承认大海

大海锤炼波浪与压缩泡沫，坚持

每天的自我修炼

但礁石也认为，大海尚未摆脱幼稚

只有礁石

礁石是凝固的大海，是骨灰级的大海

哗哗哗，轰轰轰，嗡嗡嗡

只有礁石，知道这个世界终极的密码

知道，到了最后

都是回声

 评 点

吕　进：写礁石，无非都是从坚定、从容、历尽磨难落笔，从
　　　　礁石身上发现这样的角度，不得不说，亚洲"诗有别
　　　　裁"，确有过人之处。凝固的大海，骨灰级的大海，已
　　　　是惊人之语。末尾的"知道，到了最后／都是回声"
　　　　一句，更是异军突起，使读者成为回声。

柯　平：与艾青的同名诗相比，形象或略不如，深度却毫不
　　　　逊色。

啊　呜：我惊讶于这首诗最后以"回声"呈现出来的宇宙意识，
　　　　这种超越时空的观想，为整首诗带来了极为巨大的诗
　　　　性空间。我们习惯于在科幻作品中发现一些终极想象，
　　　　比如刘慈欣在《三体》中说刻在岩石上的文字是能保
　　　　留最长久的文明痕迹。而诗人黄亚洲在这里告诉我们
　　　　"回声"会更长久。这种超越日常时空局限，对无限远
　　　　的未知进行想象和探索的意识，就是宇宙意识。同时，
　　　　"回声"本是自然物，但在这首诗中被赋予了认知的
　　　　价值和意义，于是这种宇宙意识便不仅是物理学层面
　　　　的科学幻想，还是文化学层面的人文观照。概括来说，
　　　　"回声"中的宇宙意识，作为一种视野，让人对人本身
　　　　拥有了近乎上帝俯瞰的视角；作为一种想象力，本就

充满了玄异的色彩；作为一种情感状态，又让人对未知世界充满期待。

告 辞

风告辞了，雨留了下来

遍地湖泊

每个人走路都像鸭子，啪啪啪水花四溅

爱情告辞了，婚姻留了下来

满房间都是尿布

奶瓶倒在键盘上，沧海横流

人生告辞了，音容笑貌留了下来

坊间都是赞扬

子女离家出洋，香车宝马

历史告辞了，文字留了下来

笔画横七竖八

罐中唯冬虫不死，静候惊蛰

吕　进：诗的建构往往决定诗的成败，优秀诗人都力求脱窠臼、
　　　　辟蹊径。此诗以"告辞"和"留下"展开，使得全诗
　　　　勃然生动，层层递进，告辞平庸，留下才气。结尾神
　　　　奇，趣在笔外，"不愁明月尽，自有夜珠来"。

柯　平：人生的悲哀在于，很多问题年轻时就知道答案，真正
　　　　理解却要到暮年。雪窦禅师所谓"为爱寻光纸上钻，
　　　　不能透处几多难。忽然撞着来时路，始觉平生被眼瞒"
　　　　是也。

啊　鸣："告辞"带来的是一组辩证关系：去和留。几乎每一种
　　　　"离去"，都引发一种"留下"，离去的是真的没有了
　　　　吗，留下的又是否是最初遇到的？诗人并未回答，只
　　　　是让一只"冬虫"等待来年的"惊蛰"。或者，每个
　　　　人、每件事都有一个来年的"惊蛰"，会把沉睡的、沉
　　　　默的都惊出一道耀目的天光。

尽 兴

球网前你就是一匹狼或者一道闪电

利爪与牙齿撕开风声

眼睛血红犹如夕阳

生活就是救球，这你清楚

只有终场哨子响了

那只羽毛球才不属于兔子的狡猾，你才

得以闭上眼睛，鬃毛像草一样散开

夕阳关闭

大风吹散一生的骚味

只有终场的哨子响了

哦，我真的不想说哨子的残忍

只想说，这有多么尽兴

一生都是闪电

一生的骚味

就为一只兔子

吕　进：生活就是救球。

柯　平：明代诗僧苍雪有诗云："松下无人一局残，空山松子落
　　　　棋盘。神仙更有神仙著，千古输赢下不完。"

啊　呜："一生都是闪电"是这首诗的诗眼，诗人就此将一场羽
　　　　毛球比赛和一种生命状态——强悍迅捷、酣畅淋漓，
　　　　联系到一起。对这种生命状态，诗人是喜欢且心向往
　　　　之的，故而评价就是两个字："尽兴"。

伤　逝

书页里的枫叶终于瘦出了叶筋
窗外河中，仍在雨打浮萍
　想春夏秋冬这四个姊妹
劫持了多少风花雪月的事情

不知砚池还能否舔起旧谊
料定沙滩早已勾销了脚印
想东南西北这四个兄弟
藏匿起多少秘而不宣的小径

现在，你的思恋还在吐出春絮吗
只想知道方位，不必了解远近
此刻，我的心情又在哪片草原上放牧
不想说尚能饭否，不愿提有无凋零

如果相赠一匹白马，嘱我来者可追
我会递还马缰，宁愿独坐山林

如果煮起一壶香茗，邀我对月成影

我会请来山风，先将往事掸净

吕　进：写诗的要义在清洗与选择。此诗清洗得十分干净，没
　　　　有一点多余的尘埃。此诗在字词的选择上颇具匠心，
　　　　如"书页里的枫叶终于瘦出了叶筋"的"瘦"，"不知
　　　　砚池还能否舔起旧谊"的"舔"，等等。

柯　平：标准的格律新诗，音韵铿锵，诗情盎然，谢晃先生盼
　　　　之久矣，他见了一定喜欢。

啊　呜：这首诗的写法迥异于诗集中其他作品，主要体现在三
　　　　个方面：一是叙事性的弱化，诗人的写作多以叙事性
　　　　作为诗歌内容推进的主要手段，但这首诗以浓郁的抒
　　　　情为基本表达方式；二是意象的繁复，它压制了句中
　　　　动词性的快节奏，而呈现出舒缓的姿态；三是诗行长
　　　　短接近，整体比较整齐，有闻一多所倡导的新格律诗
　　　　体的"建筑美"。

燥　热

是一种宿命，已经不需要解释

我提前进入炼狱

入夜，一遍遍掀开枷锁，以寒冷替代被子，覆盖于

赤裸的身子

有手术刀么，要快，要锐利一些的

我要剖开自己

把燃烧的心、肺、肝、胃都抖搂出来

冷却成火山的石头

做一个有皮肤的人是多么痛苦

每次呼吸，都有火山灰出没

死亡在预演

每次都预告演习时间，二十分钟左右

已经不知道黑暗、燥热、寒冷、炼狱之间的区别

只知道，有样真实的东西已经在渐渐逼近

在无数次演习之后

只知道，那个清凉的有音乐的世界不属于我
那张静静躺在金沙池中的舒展有致的莲叶
不是我的皮肤

只知道所有冷却的石头，都不是舍利子
只知道轮回，也等于
绝望

吕　进：书写苦夏燥热的绝佳之作。比《水浒传》的"赤日炎
　　　　炎似火烧，野田禾稻半枯焦。农夫心内如汤煮，公子
　　　　王孙把扇摇"高出许多。

柯　平：这首诗属于某种特定境遇中的思考，让人想到很多。

啊　鸣：中国文人普遍受儒释道三家思想影响：进则奋然，心
　　　　怀天下；退则恬淡，朗月清风。但释道两家出世的观
　　　　念并非总能医治受挫的心灵，比如这首《燥热》所写
　　　　的，"我"胸中的热情固然可以冷却（"剖开自己／把
　　　　燃烧的心、肺、肝、胃都抖搂出来／冷却成火山的石
　　　　头"），但无论冷热，都不能让"我"抵达那个彼岸世

界（"那个清凉的有音乐的世界不属于我／那张静静躺在金沙池中的舒展有致的莲叶／不是我的皮肤"），不能给"我"以真正超脱的结果（"所有冷却的石头，都不是舍利子"）。诗歌的结尾似乎略显悲观，但就像无数先哲探讨生命所得出的结论那样，明知人生的本质是悲剧性的，但一代代人依然在这悲剧中坚定地前行。就像西西弗斯不断重复把巨石推向山顶，这种"轮回"式的苦难正是彰显人之伟力的最佳实例。

犹豫不再

犹豫不再

已压完最后一排子弹，只等一跃而起

惶恐不再

都什么年景了，乳牙早已掉完

迷惑不再

把天花乱坠还给敦煌的飞天，拒绝虚假季节

怜悯不再

如果鳄鱼有眼泪，如果狼来自中山

后悔不再。一个男人的成熟是如此艰难

但，既然，已经，成熟！

吕　进：黄庭坚《寄黄几复》云："桃李春风一杯酒，江湖夜雨
　　　　十年灯。"

柯　平：偶然遣兴，有烈士暮年、灯下看剑之意味。

啊　呜：古人说四十不惑，其实四十岁未必真的就是一个分水
　　　　岭。但人到中年才真正开始成熟，大致是不会错的。
　　　　诗人说"艰难"，因为成熟总是建立在无数悲欢离合的
　　　　经历上。"艰难"之后是"成熟"，"成熟"之后，是
　　　　那五个"不再"。整首诗的结尾又可以绕回开头，构
　　　　成一个闭合的圆环结构。这结构的圆形也正是"成熟"
　　　　的表征吧。

辑五

我的行吟

我最钟爱的行吟诗

为什么不结伴同行呢，真有点不可理喻
为什么偏得说，旅行或者写诗，身体和灵魂总要有一个在路上
为什么就不相搂着出门呢

这就是我最钟爱的行吟诗了
这样的诗如同满身花儿的天女的飞翔
空气自由而温润
即便掉落在大地上，也会是
虹霓一样的单脚站立

关键是，这个世界被我用诗定义之后
能全体返老还童
希望能跳成蚂蚱，严冬会抽出花蕊
喷火的战争，变脸而成川剧

世界唯一的钥匙，交给了
白雪公主与七个小矮人

这当然是诗歌的最后一行，当然这样的结局

还早得很

关键是，我的灵魂，也因了这个世界而四季发芽

长出草坪、森林、爱情与无边无沿的幸福

关键是，诗歌因了旅行与诗人，成了

这个世界最珍贵的东西

 评点

吕　进：行也罢，吟也罢，行吟也罢，此中有真意。灵魂四季
　　　　发芽，诗歌世界珍爱。

柯　平：此诗稍弱。

啊　鸣：以诗说诗，难免会有感性处说不清道理，理性处丧失
　　　　了诗意的毛病，但这首谈行吟诗的诗，说清楚了行吟
　　　　诗其理，且不失其趣、其意。首先，诗歌最初都不
　　　　是书斋文化，荷马是行吟者，屈原也是行吟者，那些
　　　　亲近广阔天地的片刻，便成了诗，诗因这亲近而"成
　　　　了／这个世界最珍贵的东西"，这是行吟诗存在之理。
　　　　其次，一句"全体返老还童"点出童心为诗之本真，
　　　　又以童心为切入点，引出万事万物的变化（"希望能
　　　　跳成蚂蚱，严冬会抽出花蕊／喷火的战争，变脸而成
　　　　川剧"），这是道理之上的趣味。最后，诗歌的价值在

于其灵魂，而诗歌的灵魂来自诗人，"我的灵魂，也因了这个世界而四季发芽／长出草坪、森林、爱情与无边无沿的幸福"，可见行吟带给诗人内心世界的完满，而这是诗歌灵魂完满的前提，这是趣味之外的深意。

印度泰姬陵，颜色

必须采用红砂石和白色大理石

必须这样建筑，红色是玫瑰，白色是坚贞

不采用这两种颜色，又何以

表达爱情的苦痛

请注意国王和泰姬两具并排的棺椁

两颗心脏只相差几个拳头的距离

当年，就是这几个拳头

他们握住了全部的大海、天空和沙漠

泰姬为国王生了十四个孩子，死于难产

国王发誓要献给她一座天下最美丽的陵墓

这是一次更伟大的难产：

两万工匠，二十二年的阵痛

陵寝为白色，每每天晴，都以

白云的坚定，拉动天空

护墙为红色，无论什么季节，都强迫你

相信玫瑰

为了造就天下的空前绝后

两万工匠被剁去右手

国王这下子才算安心

终于，他的心上人的难产，成为日后

世界旅游史的血崩

国王是莫卧儿王朝的第五代君主

终于，他算是安心了

他选择的两种颜色，绝对是天下真理

吕　进：常有简单的情节，是黄亚洲诗歌的一个特点。这不是
　　　　散文的情节，而是托起诗人情思的基石。在叙事里，
　　　　红色和白色才会变脸。

柯　平：这首诗可谓《阿房宫赋》的印度版，权力的说明书。

啊　呜：诗人详细记述了美轮美奂的泰姬陵背后的两个故事，
　　　　一是纯美的、童话般的爱情，一是血腥的、恐怖片般
　　　　的建设。而这两个故事的缔造者是同一个人：莫卧儿

帝国的第五代君主。对一个人的爱，要用两万人的鲜血来表达吗？于此，我们可以进一步思考，世界上每一个伟大奇观的建立和其背后无名无姓的匹夫匹妇们的付出是否都是理所应当？

黄果树瀑布的逃遁办法

我想把这一处哗哗作响的自然景观，搬进人文领域看一看
会发生什么

会发生什么——它把所有的中国人，都变成了
孔子

"逝者如斯夫"
还能再说什么别的话

贵州最知道自己多山少地，最知道自己的生存境遇
所以要立一块警示牌，一面液体的镜子

看看吧，时间会发出这么大的响声，会这么的汹涌
这么的快，瞬间粉身碎骨

可以留个影，拿回家，挂在墙上。说明这一生
就是一瞬间，就这么触底了，而且也没见怎么反弹

还能怎么样，粉身碎骨前的一生

就是一瞬，你我一样

逃遁的办法之一，是叫得很响，声嘶力竭，如狼似虎

瞬间精彩，最好再拉一条彩虹垫背

逃遁的办法之二，那就是孔子。他粉身碎骨之后

仍隐隐约约回响不绝。至今。被人挂在墙上

吕　进：宋代苏东坡说过："作诗必此诗，定知非诗人。"写黄
　　　　果树瀑布的诗不少。诗中有景，诗中有物，就必雷同。
　　　　诗中有诗人，就是上品。这首诗就给了读者另一个黄
　　　　果树瀑布，诗的黄果树瀑布。

柯　平：这首诗有惊人的想象力，语言干净，转换过渡也自然，
　　　　学习了。

啊　呜："逝者如斯夫"这个句子里面，有两样东西，即时间和
　　　　流水。贵州黄果树瀑布可以被看作一面时间的镜子，
　　　　让人正衣冠、知兴替、明得失。但这面镜子也以不断
　　　　的流逝或"逃遁"为存在的本相，于是它作为镜子的
　　　　功用便又多了一种：教给人两个"逃遁的办法"。这

两个办法或者说两种人生追求被诗人以形象的描述放在全诗的最后两段：一个是追求一瞬的辉煌，如烟花绚烂夺目；一个是追求永世的不朽，如细雨泽被苍生。

新加坡，莱佛士登陆处

英人莱佛士，是怀着一种心计踏上这块土地的
并不在乎上岸的时候，那天，他的靴子
是否一路踩扁野花，甚至，有没有踩死那只
来不及逃遁的蜥蜴

他上岸的时候，已经怀着一份莫大的心计
兜里计划书很厚。这块土地在他眼里，早已
不属于野花、蜥蜴和热带雨林
对大英帝国而言，它是一个伟大的港口

地球有一个锐角，它是锐角上的尖尖
当然，暂且可以不说，它是皇冠上的明珠

规则、航线和法律，将使这块土地迅速升起桅杆和信号旗
每朵野花，都要学会英语和文明
野蜂干活之时，将使用礼貌语言，不用鼻腔说话

至于这里的苏丹有可能突然把土地掖回口袋

可能讨价还价，可能吐沫横飞

也都已在预期之内，但是，这些都将是过去式

土地应该是英国的，这很明确

文明世界野性地撞了过来，这是时代规则

这块土地，必须迅速撞成新加坡

他的计划书的封面，是一面英国国旗

英人莱佛士，是怀着一种心计踏上这块土地的

他文明，虚怀若谷，野心勃勃

他上岸的时候，除了野花与蜥蜴哭泣，其他

什么都笑了，包括那位

后来终于献出了土地的苏丹

吕　进：“文明世界野性地撞了过来，这是时代规则”，这个诗
　　　　行是此诗的灵魂，或叫诗眼。诗人跳过了对“殖民者”
　　　　的习见，上升到诗的高空。

柯　平：莱佛士曾在英国东印度公司工作，后被提升为苏门答

腊岛的总督。苏门答腊岛也是郁达夫的去世地。

啊 呜：莱佛士 1819 年来到新加坡，并迅速着手将新加坡建成
一个重要的国际港口。诗人着力描述了诸多历史细节，
从真实的角度来说：一则大事不虚，小事不拘，读者
不必事事追问真假；二则逻辑的真实、情感的真实是
更大的真实，莱佛士的形象是可以从历史中推知的，
"他文明，虚怀若谷，野心勃勃"的特征，可以用史实
来证明，而他留下的历史遗产让后人"都笑了"，这是
情感的真实。

吴哥窟巴肯山，观赏日落

不觉得自己脚下就是日落之地吗

何必极目远眺，观赏什么落日

脚下，这巴肯山顶，这供奉湿婆神的巴肯神庙，这里

每一根石柱，不都死撑过西坠之日吗？

一个王朝坍塌的声音，就是

落日摩擦云层的声音，火星溅起霞光

看见石柱断裂之处那些游动的青苔了吗

这就是晚霞的灰烬，不是别的

不觉得站在落日之处，再看西边落日

有一种毛骨悚然的怪异吗

不怪晚风，反复拨动我的目光，像拨动琴弦

空中本来就响着和声。绝望是一种仪式

如若今天，你是带着一种挫折感来到这里的

那，此刻上演的，应是

三重奏

日落，说实话，就是一场葬礼
你要用平常心观看：天空如何张挂黑幔
再渐次点亮星烛

选择历史的断崖处，出席一场葬礼，是多么合适
让灰暗的心情慢慢释放，通过人生的
一个陈旧的伤口
这个过程，需要胆略

现在，吴哥窟被落日撞击，整个儿在燃烧
灰烬渐起，乌鸦钻出晚霞
体会这样的悲惨，以及可能的轮回
你一生中，必须几次

吕　进：有一位天才诗人写过一首《大漠落日》，那首诗的"之
　　　　四"就两个字——圆寂。这位诗人就是山东的孔孚。
　　　　读这首诗，我想起了孔孚。

柯　平：绝望是一种仪式，日落是一场葬礼，不管是在柬埔寨还是长安街，这就是诗人眼里的世界本质。

啊　呜：这首诗谈及三种落日：一是自然界的落日，二是喻指吴哥王朝覆灭的落日，三是喻指内心挫折感的落日。三种落日在这一刻交汇了，是为诗人所说的"三重奏"。而最终，"体会这样的悲惨，以及可能的轮回／你一生中，必须几次"，这是从自然和历史中获取的人生经验。

兰溪芥子园

哦，李渔，我曾沿着你手指的河流走得很远
今天，才回溯源头

哦，李渔，我就是一尾你钓上的鱼
今日，才入了鱼篓

你的戏剧结构说、词采说，你的"草蛇灰线"
多么的锐利
作为一条鱼，我多少次扎痛了嘴

我在小桥鱼池旁驻足，我朝里看
看见，其中一条鱼，是我

旁边游来游去的，都是我的同道
大大小小的编剧

一只小小的鱼篓，其实

是一条大江，广阔得要命

大江大海之所以沸腾，是因为李渔
把他钓到的一切，重新抖回去了
他的《闲情偶寄》，就是这一动作的
精准描述

吕　进：兰溪芥子园是为纪念李渔而建的。当代学者冯其庸有
　　　　诗云："顾曲精微数笠翁，名园小筑亦神功。只今移向
　　　　兰溪去，好听秋江一角风。"诗人黄亚洲也是电视剧编
　　　　剧，所以把自己和同行比作《闲情偶寄》的鱼。"鱼藏
　　　　水底，各自为天"，妙鱼，妙喻，妙语。

柯　平：亚洲眼光厉害，一眼就看出"草蛇灰线"这四字的不
　　　　凡，可谓笠翁的后世知音。记得脂砚斋就曾引用过这
　　　　四个字，用以解剖《红楼梦》的叙事结构，称"事则
　　　　实事，然亦叙得有间架，有曲折，有顺逆，有映带，
　　　　有隐有见，有正有闰，以至草蛇灰线，空谷传声，一
　　　　击两鸣，明修栈道，暗度陈仓，云龙雾雨，两山对峙，
　　　　烘云托月，背面傅粉，千皴万染诸奇，书中之秘法，
　　　　亦复不少。余亦于逐回中搜剔刳剖，明白注释，以待
　　　　高明，再批示误谬。开卷一篇立意，真打破历来小说

窠臼。阅其笔，则是《庄子》《离骚》之亚"。录于此，供以后写剧本时参考。

啊 呜： 李渔会不会钓鱼我不知道，反正黄亚洲已经上钩了，那些"大大小小的编剧"大概也在排队等着上钩。读这首诗，不仅有这妙趣的构思让人会心一笑，更有一种对文化本身的敬意让人欣慰。兰溪芥子园本就是一处仿古园林建筑，是时代对传统的回归与致敬；而芥子园又是为纪念李渔而建，这是兰溪人对文化的尊重和崇仰；如今黄亚洲为此写下这首诗，又是对经典作家的追怀与思慕。

兰溪的地下长河

坐船，钻进地下长河

航道是一条虹霓

色彩和欢乐，一直在四周爆炸

却寂静得没一丝声音

同行者中，有一个心脏跳得很厉害

我听出来了

接着，我的船进入了霍金的黑洞

凭一支手电的指引，我才过渡到下一个星系团。

入洞，在浙江的兰溪

出洞，是虎跳峡，还是九寨沟？

做人，很需要时间隧道

你过了兰溪，就会拥有两个人生

吕　进：此诗妙在结尾。"不愁明月尽，自有夜珠来"，给读者
　　　　以回味余地和想象空间。杜牧的"一骑红尘妃子笑，
　　　　无人知是荔枝来"，李白的"总为浮云能蔽日，长安不
　　　　见使人愁"，都是好案例。

柯　平：虽没到过兰溪，但神往已久。民国二十二年（1933），
　　　　杭州至江西铁路建成，郁达夫应浙江铁路局邀请做全
　　　　程考察，在兰溪待了两天，一半时间就消磨在这里，
　　　　自称"在兰溪多住了一天，看了这一个洞，算来也还
　　　　值得"（郁达夫《杭江小历纪程》）。现在读了亚洲此
　　　　诗，就更盼望有机会一游了。

啊　呜：黄亚洲是行吟诗的积极倡导者和实践者，走万里路，
　　　　写万首诗，是他带给我们的基本印象。这一次的行吟，
　　　　特异处在于行在地下，却如在星空；吟唱一处风景，
　　　　却如两个世界。而行吟的本意不正是发现不同于日常
　　　　的瑰丽色彩吗？如此来看，这首诗正是行吟诗的典型
　　　　之作。

甘肃天祝的藜麦奇迹

从一碗"凉拌藜麦苗"香喷喷的口感中，忽然

推开了"中国高原藜麦之都"的大门

那一刻，我的口舌与牙齿一起发问：什么菜，这么好吃？

这才知道，南美洲那片奇异的绿色，已与

中国甘肃武威天祝县的一大片土地

无缝对接

一块特大面积的绿色飞毯

越过了太平洋

藜麦，曾精心哺育古老的印加民族

营养全面得有点过分：

维生素、多酚、类黄酮类、皂苷、植物甾醇类物质

不仅高蛋白，且脂肪中的不饱和脂肪酸占到八成

一碗"凉拌藜麦苗"，让我在天祝县南阳山的移民生态区

一脚踏上了南美

这才明白飞毯的制造商是天祝县政府

他们逐年扩种藜麦十万亩，让南美洲神奇的作物

参与了中国扶贫

天祝的朋友后来赠送我许多藜麦制品

盒装的、袋装的、罐装的

当晚梦中，我就发现自己已是一名南美部落勇士

身上插满羽毛

我愿意以这样的彪悍形象，向我的江南水乡朋友证实

藜麦，在中国，已经有了一个首都

吕　进：小小藜麦，连接了南美和中国。这就是沈德潜《说诗晬语》写的："有第一等襟抱，第一等学识，斯有第一等真诗。"身置题内而意达于外，纵横驰骛，不离个中。

柯　平：虽没见识过"凉拌藜麦苗"，但借助诗人出色的文笔，好像也已饱飨了一顿。尤其是那块"特大面积的绿色飞毯"，更令人神往。

啊　呜：看到"绿色飞毯"四字的时候，我就已经充分感受到

了诗人那种快乐到飞起的心情。我不由想到杜甫的那句"漫卷诗书喜欲狂"。杜子美是听闻官军打了兵戈铁马的胜仗，于是有了生平第一快诗；黄亚洲则是看到天祝打了扶贫攻坚的胜仗，快乐到梦里化身南美的部落勇士，这种快乐特别实在，因为既有对那份漂洋过海的情谊的珍惜，也有对解决贫困问题的欣喜，是精神和物质的双重收获。

柳州螺蛳粉

从一碗螺蛳粉里的米粮与猪筒骨

我的舌头走过平原与农舍

在浓汤与螺蛳的纹路间

我的味觉，涨起五月的河流与溪泉

这酸酸辣辣的人生况味

我是多么的留恋

就像我熟悉中国南方所有的稻田与河水

我小心而安静地生活，如一枚螺蛳

不知道第一碗粉煮沸于何年何时

只晓得阿公阿婆阿姑阿姐，脸上陶醉的笑容

都如螺纹

就犹如柳江在流入西江之前，必须为柳州城

弯一个漂亮的螺形

远方的客人哪，我断定你一到我们柳州

就会欢欢喜喜端起这碗粉

就凭你如此的热衷旅行与休闲

就凭你这样的低调、朴实、安静、自在

就凭你我，都是人间螺蛳

吕　进：古人说："咏物诗最难工。"这里的"难"，在把握不即
　　　　不离的度。太即，则粘皮带骨；太离，则捕风捉影。
　　　　此诗恰到好处，由螺蛳而及人间，酸酸甜甜，又即又
　　　　离，火候老到。

柯　平：螺蛳壳里做道场，一碗粉汤品人生。

啊　呜：诗人发现了螺蛳粉所具备的一种世俗性，一种烟火气。
　　　　因此，一碗螺蛳粉，让人看到"酸酸辣辣的人生况
　　　　味"，看到"陶醉的笑容"，还看到"低调、朴实、安
　　　　静、自在"的个性。而这首诗也像一碗螺蛳粉，让人
　　　　吃完便有暖意，有腹饱、心满、意足的安稳感。

森林诗歌节在佛灵湖畔开幕

诗歌节的开幕式选在这里，当然就热闹了

平添了很多观众

譬如荔枝树、龙眼树都来了，站满两侧

譬如佛灵湖的波浪也全数到了，挤满后排，坐得摇摇晃晃

夕阳也来了，抓住树梢，不肯下沉

雀儿们也来了，一部分坐在枝头上，一部分

化身成男女孩子，坐满前排，准备

一遍遍呼喊快乐的口号

诗人们当然都坐在核心部位，他们携带着大量的诗歌

所以分量很重

他们一摇头、一挥手，诗句就会溅出来

打湿草坪上的蝴蝶

主持人后来就宣布诗歌节开幕了，我看见

所有的诗歌都站了起来

包括哗哗作响的荔枝树与龙眼树

这些属于森林的东西，一向认为自己属于诗歌

东莞自宋以来涌现了两百多位著名诗人，他们今天，暂时不
到会
但是我感觉到了他们
我们脸上的半边夕阳，就是他们泼过来的诗句
夕阳湿润，温温的
有泪水的感觉

吕　进：森林诗歌节的开幕式上，森林与诗人交相辉映，自然
　　　　与诗各美其美，欢乐从诗篇中跳出来了。最后一个诗
　　　　节写主办方，写得很自然，很智慧，很高雅，似在不
　　　　经意间带出，实是善于藏锋。

柯　平：屈大均暂时不到会，发来贺诗一首："地分南海大，城
　　　　接北山长。令尹来何暮，讴歌正未央。依然古遗爱，
　　　　不数汉循良。父老称眉寿，梅花佐举觞。"

啊　呜：这可以看作一首献礼诗。对于一次诗歌盛会的举办固
　　　　然可以有千百种称赞的方式，但强调这盛会传承了古
　　　　老的诗歌精神，让那些在历史深处的古人也都"泼"
　　　　来诗句，想必是最为贴心的方式之一。

漫步南海

这么多的渔船搁在浅海里，船头的大眼睛
都在看着我
看一个诗人在沙滩独步

船身一律绿色
船尾的旗，都飘扬着伟大的祖国

它们静止不动，而我在走
我好像是，用诗
狠劲拉着它们

连南海都略略拉动了
波浪也像我诗的纤绳，给我搓来
一根又一根白线

我的诗就是这样写出来的
船、沙滩、祖国、纤绳、黄昏的风

都是我作品里的中心词

我从这一头走到那一头，我走得很慢
步子绝不快于我遣词造句的速度

渔船和沙子目送着我，它们比我还有耐心
它们知道文学如行船
在风浪里，实在
快不得
有时候，就需要搁浅

船、沙滩、祖国、纤绳、黄昏的风
在我走得很慢的时候
裹紧了我

吕　进：静与动，快与慢，行船与搁浅，诗歌就在这些矛盾中
　　　　诞生。矛盾出诗情。诗人在南海沙滩散步，南海在诗
　　　　人心里徘徊。
柯　平：非深知写作甘苦者不能道，结尾尤其扣人心弦。

啊　呜：“船、沙滩、祖国、纤绳、黄昏的风”——是“我”赋
予它们诗意，让它们成为“我作品里的中心词”，还是
它们作为诗意“裹紧”了“我”？也许不需要追问答
案，因为“我”显然也已成为它们中的一分子。海滨
的诗意和情怀已然融为一体。

肥城，范蠡墓

我坚信两千五百年前这里确乎有一个大湖

湖屯，古地名说明了一切

也就是说，范蠡确乎是靠山抱湖做他的生意的

他同时放出他的马队与船队

回收钱币，这金属的江山

背靠陶山，自号陶朱公

与政治一刀两断

不用拿自己打比方，就是妻子西施，也已经被政治折磨得够了

从政治的刀尖下血迹斑斑逃出，就只能把自己的刀尖

对准经济

既然要弄经济，也要弄得它血迹斑斑

报国无门，就只能这样狠狠报答自己

谁叫知识分子这么的有知识

这里代代相传的地名，譬如

小店、山阳铺、钱庄、张店
说明两千五百年前，这里确乎是商业中心，尽管现在
桃花漫山遍野
桃花是一个人发财之后的脸色

范蠡墓是一个句号。中国的政治与经济
一起止步
华夏大地，还有谁，能先后把这两者
玩出这么大的花样

坟墓在整修中，连墓碑都还没搁上去
我照样三鞠躬。文字作用不大
金钱不分界别

秦宰相李斯路过这里，曾留下四句刻成篆体的感叹
我今天路过，写一首自由体诗
其实，后人说什么都是多余的
这只沉默的硕大的秤砣，早就掂准了我们中国
有几斤几两

顺便提及，秤也是范蠡的发明

称政治，称经济，称爱情，称人生

谁称得过他

吕　进：人物诗易写难工。李清照写项羽，就二十个字："生当
作人杰，死亦为鬼雄。至今思项羽，不肯过江东。"站
在项羽兵败自刎之地，面对浩浩而去之江，李清照脱
口而出的这首诗成为吟诵楚霸王的千古绝唱。李清照
的诗有三个关键词：项羽、兵败、乌江。她借此写生
死，讴歌英雄气。黄亚洲写范蠡，有两个关键词：政
治、经济。诗人成功地凭着这两个关键词，借范蠡的
际遇，浇自己的块垒。

柯　平：古人譬坟墓为馒头，亚洲譬坟墓为秤砣，并见其妙。

啊　呜：怀古诗从来不以情怀取胜，而以反思扎心。范蠡功成
身退，是对帝王政事的讥刺；李斯留下"忠以事君，
智以保身，千载而下，孰可比伦"四句评语，是对自
身执念的讥刺；黄亚洲把范蠡墓看作称量政治、经济、
爱情、人生的秤砣，是对这斤斤计较的俗世的讥刺。

肥城，西施墓

腰身纤细的小小香丘，被今人
扩了三围
我看见了比呼啦圈更粗壮的石砌墓圈，这才知道
西施的腰身已是这么肥大

一路，沿着政治
从越到吴，从吴到齐，从齐到陶，真个不易
当然，善终也不易，也幸亏
范蠡在本质上是个有情有义的人

终于，永远地偎依着了范大夫，不再气喘与胸口痛
你看他俩也就相隔十几米
踉跄几步，就靠上了肩头

现在，被齐国的风与鲁国的风交替抚慰着
胸脯上的波浪，已经停息
再不埋怨范蠡从诸暨苎罗村拔出了一株绝世的花

也再不要求香丘迁回浣江

尽管现在，坟上野葡萄藤缠缠绕绕

连头饰都有点儿扎手

允许我伸手抚摸吗

这野葡萄藤，这藤本植物，这掌状的绿叶

西施，不要让你的头发扎痛了我

我知道野葡萄藤是一味药，专治

淋病、乳痈、湿疹、腰疮

但我相信，这些毛病。与坟茔里的你没有半毛关系

中国第一美女，如今连块墓碑也没安上

至少眼下是这样

但那块硬邦邦的东西，在所有中国男人的心里

几千年都横亘着

西施啊，胸口痛的毛病

不光是你有

吕　进：古人咏西施的篇什不少，唐代罗隐的《西施》给人的
印象深刻："家国兴亡自有时，吴人何苦怨西施。西施
若解倾吴国，越国亡来又是谁？"黄亚洲跳出吴越之
争，泼墨于勾践灭吴后随范蠡泛五湖而去的西施，展
开他的人性之笔。这是《肥城，范蠡墓》的姊妹篇，
范蠡墓和西施墓，赋予了诗人对历史政治的深沉的
反思。

柯　平：不一样的时代，就有不一样的西施；不一样的西施，
就有不一样的吟咏。第二段第二句"从齐到陶"的
"陶"字，感觉未妥，前为国名，后为邑名，不甚相
匹。建议改为"鲁"，地方志虽称其地古属齐鲁，但在
西施生存的春秋时期，应该属鲁不属齐。

啊　呜：范蠡和西施的爱情故事，虽然并不见于任何历史文献，
却广为民间百姓所知。这样的美好传说自然是符合民
众求圆满的心理的。诗人借这个传说感慨一个女子艰
辛的人生最终有了美好的归宿，但千百年来男性亏欠
女性的，仍然亏欠着。后人甚至没有给西施这样的美
人造一个匹配其容貌体态的香丘。而这正是痛点所在。

游文登南海

若秦始皇召我，我哪里肯来
但这里的海浪、沙滩、繁花与负氧离子
却下了诏书，口气斩钉截铁
脾气比皇帝还坏

而且，星夜，嫦娥一边洒着清凉的水一边帮腔
黎明，旭日又率领整个黄海向我倾情告白
哦我来我来，我已经来晚了
文登南海，我怎么能不来

其实秦始皇也是听闻诏书而来的
海浪每天在叙说养生的诀窍
每粒岛屿，都有仙丹之态
于是秦始皇急"召文士登山"，悔恨自己不才

现在，我穿过万亩松林，跃身入海
同时急召蟹、虾、海蛤与我共泳

我可并不想只搂浪花入怀

只有到了南海，我才有这种始皇帝的风采

吕　进：从读诗的角度，诗有三类：可解、不可解、不必解。
　　　　黄亚洲的诗均可解，读起来轻松愉悦，而不是测验你
　　　　智商、让你焦头烂额的"不可解""不必解"的诗。但
　　　　是黄亚洲的诗又是最纯的诗家语，和散文拉开了很大
　　　　距离，给你美感，给你智慧，有时简直让你拍案叫绝，
　　　　这就是我喜欢黄亚洲诗歌的原因。请读这首诗，无非
　　　　就是说诗人来到文登南海很高兴，但是这高兴又变成
　　　　了诗的言说，而且诗人把始皇帝纳入构思，一头一尾
　　　　让他值班，颇有诗趣。

柯　平：挥洒自如，妙语如珠，典型的亚洲风格，这首又好在
　　　　凝练，收发自如。

啊　呜：黄亚洲善戏谑，在这首轻快的作品里更是将此技巧发
　　　　挥得相当"恣意""任性"。全诗一路拿始皇帝开玩
　　　　笑，从比脾气，到讽无才，再到自诩的帝王风采，无
　　　　不让人看到在天人和谐的境地里，人的欢悦姿态。

八咏楼之夜

来八咏楼，你会不会跟着咏诗

哪怕是晚上来？

来这里咏不咏诗，这是一种立场

一种做人的标准

南朝的沈约连着来了八咏，后来

唐代的严维也来咏了

宋代的李清照也来咏了，元代的赵孟頫也来咏了

站在武义江、东阳江、婺江的三江汇流之处

每一阵风都是花粉与爱情

谁敢婉拒诗歌？

江流浩大，山色空蒙，中国一片好颜色

浙中腹地就代表了江南，江南就代表了中国

今天你不大声吟咏

还好意思拾级而上？

你走四级，就是七绝

你走八级，就是七律

须知江山就是为了吟哦才铺陈在这里的

诗歌就是为了爱情才凝聚成楼的

就为这片好山好水，太守沈约才垒诗成楼

你到了这里，怎么还敢婉拒祖国？

登此楼没说的，只要是人，就是诗人

公鸡的嗓子，哪怕是在夜里

也能唤出黎明

与祖国，楼台会

吕　进：八咏楼是金华的天下名胜，历代多有文人骚客登临赋
　　　　诗。我印象最深的是李清照的《题八咏楼》："千古风
　　　　流八咏楼，江山留与后人愁。水通南国三千里，气压
　　　　江城十四州。"这首诗在"愁"上用了曲笔，山河沦亡
　　　　的忧愁岂能"留与后人"？亚洲此诗也是曲径通幽。

柯　平：结尾奇妙，楼主沈约身仕三朝，想必不敢出来相会。

啊　鸣：登临诗多睹物兴情而成，山水天地带来的时空感，古

今人物带来的历史感，都是这类诗歌中普遍存在的。这首《八咏楼之夜》自也不例外，而值得关注的是诗人还有一腔涌向祖国的豪迈诗情，让这偏寓江南的一座楼，成为放号江山的扩音器。

芝堰古村

这里，古时，该是一个驿站
交界兰溪与建德
有绿荫，有溪泉，有鸟鸣
走累了，下马，出轿，就该在这里打个尖
让马变龙，让人变仙

后来，这些杂乱的马蹄与脚印，积了雨水
就纷纷发芽，长成了
过街楼、民宅、厅堂、客栈、酒肆、茶馆
宋一群，元一群，明一群，清一群
民国又来一群
改革开放了，雨水充沛，又出一群

我在这个村落参观了整整半天，也像一匹勤快的驿马
从民国一步到明，从清一步到元
又从元，一步跨到民国
天上临时下了一阵雨，也分别流入

宋元明清各家天井

后来，也不知到了哪个时代，我坐下来

喝了一杯加糖的拿铁

老板没收我银票，也没收我铜钱

只让我，看一幅二维码

所有二维码的前身

都是驿站，都是马蹄，都是古村

吕　进："二维码"是这首诗的诗眼。历史的变化，时代的变
　　　　迁，由古向今，由天井到拿铁，二维码是变化与变迁
　　　　的最好象征。

柯　平：从内容看，很像明亡后李渔隐居的伊山别墅一带。据
　　　　《重修缞诚堂宗谱》："伊山后石坪，上受厚伦方与胡
　　　　楼山堰之水，应注伊山畈一带，坪久塌坏，顺治年间
　　　　笠翁公重砌完固。……从石坪处田疏凿起，将田内开
　　　　凿堰坑一条，直至且停亭。"又据《光绪兰溪县志》：
　　　　"里之北有且停亭，笠翁公所造也。观其地有伊山环拱
　　　　屏障于后，清流激湍回环左右，便行人之往来，故作
　　　　亭于其上。"又据今人单锦珩《李渔年谱》："据传亭

有联一副：'名乎利乎，道路奔波休碌碌；来者往者，溪山清静且停停。'亦渔所作。"比较符合芝堰古村前身为驿站的说法。

啊　呜：写时代更迭，难免产生兴亡之感，但诗人却借古村把多个时代融洽地混合在一起了，只谈旧时光的清丽影像。吟咏间仿佛漫步村间，你只看到蒙太奇一般组接的画面，诗人把千年诗意全部兜到你眼前。

诸葛八卦村

应该把村子中心的这口池塘，看成一只眼睛

不要说水塘半陆半水，像极了九宫八卦图里的太极

实际上，这只是一只眼睛半开半闭的形状

是祖先诸葛亮，端坐于村子中央

在浙江，想四川

一把羽扇，把整个村子扇成了风轮

应该把池塘周围八条小巷向不同方位的延伸

看成深邃的目光

这不是简单的"内八卦"，这实际上是

一只半开半闭的眼睛，在思索

一个国家的八个方向

应该把环绕村子的八座山冈

取秦岭、昆仑、泰山、武当这样的名字

这不是简单的"外八卦"，这只是

诸葛亮徐徐挥动羽扇，扇灭八个方向的烽火台

这个村子，七百年来，一直在浙江中部旋转

那天我晕晕乎乎走在村子里，我知道

我一直被一道强大的目光推动

所有这些错综复杂的巷道，都是政治家曲里拐弯的思路

我知道这是诸葛后裔最大的聚居村落，知道

内八卦与外八卦都是一把扇子上的羽毛

于是决定，选一家民宿住上一晚

我要让一股若有若无的风，进入我的脑回路

早上起身，头脑果然异常清醒

我大喜过望

步履匆匆，准备去

政策研究室上班

吕　进：诸葛八卦村我也去过，我之难言，亚洲却易言。这首
　　　　诗写的是诗歌的太阳照耀下的诸葛八卦村。"诸葛亮大
　　　　名垂宇宙，宗臣遗像肃清高。三分割据纡筹策，万古
　　　　云霄一羽毛。"诗人由此获得灵感。

柯　平：许多年前被刘湛秋拉去诸葛八卦村一游，好像也写过，但思绪不出内八卦，不大好意思再找出来看了。

啊　呜：鲁迅评《三国演义》里的诸葛亮形象，说是"多智而近妖"。这首诗大概就是顺着这个思路走的："多智"在内、外八卦的布局和家国思索，而"近妖"在风吹脑回路，让诗人打趣自己一夜之后就该去研究国策了。这洋溢着欢乐气氛的写法，把历史的沉重消解了，而多了几分行游的轻松。

西湖四问

西湖的春天并不寒冷，为什么
全世界的相机，都要在这里不停地咳嗽？

西湖并不是一坛喜酒，为什么
人们总会在西湖边觅见爱情？

西湖的湖水已是如此纯洁，为什么
诗人还要流下难言的泪水？

西湖并不是我的情人，为什么
我每一个伤口，都要让她轻轻来舔？

吕　进：以问抒情。想到孟浩然的《寻隐者不遇》以答成篇：
　　　　"松下问童子，言师采药去。只在此山中，云深不知
　　　　处。"一问与一答，相映成趣。

柯　平：想起诗人当年写湖滨跑步的少女："连湖边的垂柳，也一律梳着运动发型。"四十年了，西湖的湖面更开阔，湖水也更深沉了。

啊　呜：与其说是四个问题，不如说是四个奇妙的想法。四个想法也可以穿在一根绳上：春天的西湖冷不冷，要看有没有人陪着一起游湖；为恋人拍照是咔嚓声，听别人为恋人拍照当然就是咳嗽声了。西湖边，同游的多是恋人，但西湖又记录了太多感伤的爱情故事，苏小小也罢，白娘子也罢，历代诗人都留下了如眼泪般纯粹的诗篇。失恋的人故地重游，又把心情寄托在一汪碧波之上。

湘湖龙井

并非由于乡情，而让我偏爱湘湖龙井
只由于湘湖龙井那种特殊的嫩芽
那股特殊的清香，让我
飘飘欲仙

今天，老家的茶友，又用红绸子
扎好了一座祖籍地的青山
在清明之前，放到了我的案头
将我的青瓷茶杯，一下子提到了
四百米的海拔

我当然见过老家亲人的那种工艺
炒锅前，那种娴熟的
抖、搭、拓、捺，杀青、理条
那种把鸟鸣、山泉、初恋、春风糅合在一起的艺术
那种表达中国精神的手的舞蹈

如果说西湖龙井有股隐隐约约的豆香，那么

湘湖龙井特有的清香，就更加婷婷袅袅

于是，这个黄昏，我端起茶盅

中国整个儿的江南，就用

西施与黛玉的步姿，悄悄地

向我走来了

形美、色翠、香郁、味醇、报春早

谓湘湖龙井之"五绝"

于是，这个黄昏

加之我的青瓷茶盅，加之我的金琅山泉

我觉得自己已经飞升了

高度，至少四百米

我还要落两滴清明的泪，落到

我温暖的茶盅里

原因我就不说了，朋友们都是

知道的

吕　进：我也是爱茶人，茶是高雅之物。唐代诗僧皎然说，茶与俗人无缘："九日山僧院，东篱菊也黄。俗人多泛酒，谁解助茶香。"（《九日与陆处士羽饮茶》）白居易把泡茶写成脱离红尘的过程："坐酌泠泠水，看煎瑟瑟尘。无由持一碗，寄与爱茶人。"（《山泉煎茶有怀》）黄亚洲也说茶把自己"提到了／四百米的海拔"。此诗将茶情与乡愁相连，使得茶味更浓。

柯　平：第二段神来之笔，跟李白的"庐山瀑布"相映成趣。一个自上而下，"飞流直下三千尺"，一个自下而上，"将我的青瓷茶杯，一下子提到了／四百米的海拔"，从形态上和观感上说，后者似更耐咀嚼。又，晚明湘湖出佳茆，却为西湖冒名，现在龙井成了湘湖的，算是打个平手。

啊　呜：茶有三品，一曰香味，二曰人文，三曰情谊。所以这位品茶人，理所当然地要关心茶叶的制作工艺、茶叶背后的文化意蕴和茶叶引发的情感流溢。

杭州亚运公园：十八棵罗汉松

我是在遥望大草坪时，看见

那十八棵郁郁葱葱的罗汉松的

显然，那些松树都还在童年

导游说那是花园岗村的村民临走之时

依依不舍种下的，他们想要

留住一个村庄的念想

他们走了，他们把祖祖辈辈的土地献给了亚运会

准确地说，我看见的应该是

十八座罗汉松形状的

青铜纪念碑

准确地说，那村庄也没有消失

虽说她现在的准确形态是：

接连不断的大草坪、长桥、花海、人工湖，以及

宏大的国球中心、造型独特的"杭州伞"曲棍球场

花园岗村的村民是好样的

他们一下子就献出了土地，但

他们说，他们依旧是村民

他们是亚运村的村民，他们是地球村的村民

他们，很愿意把祖祖辈辈唱着的劳动号子，升级为

冲击金牌的呐喊声、赛场的欢呼声、颁奖台的国歌声

离亚运盛会只有一百来天了，工人们在做最后的装修

但是导游，依然说起了花园岗村，依然

把十八棵罗汉松指给我看

导游的眼里隐隐含泪，他很知道

中国农民对土地的感情

当然，他也知道，如果这些土地

能够获得友谊、意志、拼搏、和平的大丰收

中国的农民会更加乐意

中国的农民，最知道什么庄稼是优质的

最知道一个成熟的民族，在金秋

应该有

什么样的收成

吕　进：　"诗无杰思知才尽。"据说古代一位皇帝召见天下画师，
　　　　　面试他们的才能。"深山藏古寺"，就是皇帝出的考题。
　　　　　作品交卷了，大多是雷同的平庸之作：或是山峰上立
　　　　　着庙宇，古刹大钟；或是山腰间隐着古寺，云缠雾绕。
　　　　　总之，画师们往往直接落墨于"深山"与"古寺"，不
　　　　　能独辟蹊径。夺魁之作是这样一幅画：画面上，只有
　　　　　一个正提着水桶在溪边汲水的和尚，他的背后是入云
　　　　　的高山。这样，"深山藏古寺"这一立意便被不落窠臼
　　　　　地表现出来了。这幅画的成功秘密正在于它的构思。
　　　　　此诗写亚运会，诗笔却落在十八棵罗汉松上，杰思也，
　　　　　其妙处在旁见侧出，吸取题神，不是此诗，恰是此诗。

柯　平：　以植树作为自己家园的地标，不仅体现出中国农民对
　　　　　土地的感情，更是中国传统文化的精粹所在。以杭州
　　　　　为例，孤山的梅花、天竺的桂子、苏堤的柳浪，天下
　　　　　没有人不知道。想起元初杭人张雨的《湖州竹枝词》：
　　　　　"临湖门外是侬家，郎若闲时来吃茶。黄土筑墙茅盖
　　　　　屋，门前一树紫荆花。"会心一笑。

啊　呜：　诗人独具匠心，将中国农民的生产生活与亚运会做了
　　　　　无缝对接：农民生活的村庄变成了亚运公园、体育场
　　　　　馆，劳动号子变成呐喊欢呼和国歌声，农田的收获变
　　　　　成"友谊、意志、拼搏、和平的大丰收"。诗人以这
　　　　　三项变化作为繁复艰辛的拆建工作的三个表征，即面
　　　　　貌的变化、精气神的变化和理想目标的变化。这一项

项的变化背后是历来安土重迁的中国农民在当下时代的家国情怀，而十八棵罗汉松成为铭记他们伟大贡献的鲜活生动的丰碑。